KB070332

그들은
제비처럼 왔다

They Came Like Swallows
Copyright ⓒ 1937, William Maxwell
All rights reserved

Korean translation copyright ⓒ 2016 by Hankyoreh Publishing Company
This edition published by arrangement with William Maxwell The Wylie
Agency Ltd.

MAXWELL
Copyright ⓒ 2004, Alice Munro
Published by arrangement with William Morris Endeavor Entertainment, LLC
All rights reserved

Korean translation copyright ⓒ 2016 by Hankyoreh Publishing Company
This edition published by arrangement with William Morris Endeavor Enter-
tainment, LLC through Imprima Korea Agency.

그들은
제비처럼 왔다

They Came Like Swallows
William Maxwell

윌리엄 맥스웰 장편소설
최용준 옮김

한겨레출판

차례

그들은 제비처럼 왔다가 제비처럼 갔구나
하지만 한 여인의 강력함이
제비 한 마리의 초심을 붙들어놓을 수 있었으니
저기 무리를 이룬 몇 마리는
나침반이 가리키는 곳 위를 선회하는 듯하더니
꿈꾸는 허공에서 확실함을 찾아냈구나

— 윌리엄 예이츠

1부

천사 같은 아이

1

버니는 천천히 잠에서 깨어났다. 어떤 소리가(버니는 이게 무슨 소린지 알 수가 없었다) 잠의 표면을 때리더니 돌처럼 가라앉았다. 꿈은 잠에서 깬 버니를 침대 위에 버려둔 채 물러났다. 버니는 무기력하게 몸을 돌려 천장을 바라보았다. 지난겨울에 파이프가 터진 탓에 지금 천장에는 크고 누르스름한 얼룩이 남아 있었다. 버니가 보는 동안 그 얼룩은 머리에 장식깃이 있고 꽁지깃이 흐트러진 새가 되었다. 얼룩이 더는 변하지 않자 버니의 시선은 청색과 흰색 벽지를 따라 로버트가 자는 침대로 옮겨갔다. 그러고는 잠에 빠져 텅 비고 무표정한 로버트 얼굴의 벌어진 입술에 잠시 머물렀다.

비가 오고 있었다.

밖에서는 보리수 가지가 바람에 끊임없이 올라갔다 내려갔다 했다. 그리고 11월의 나뭇잎이 우수수 떨어졌다. 버니는 아라민타 쿨페퍼의 작지만 단단한 몸으로 시선을 돌렸다. 버니는 이제 인형을 가지고 놀 나이가 살짝 지난 여덟 살 소년이었고, 그래서 (북미 인디언 아기의 얼굴을 한) 아라민타는 낮에는 침대 기둥에 매달려 있었다. 하지만 밤이면 아라민타는 버니와 함께 침대를 썼다. 버니는 잠이 들어서도 몇 번이고 아라민타를 다정하게 끌어안았다. 잠에서 너무 일찍 깨서 아직 주위가 어두울 때도 항상 아라민타가 곁에 있었다. 버니는 손을 뻗어 아라민타를 만져보았다.

그 아이 앞에, 버니라는 별명으로 불리는 피터 모리슨 앞에 이제 1918년 11월의 두 번째 일요일이 막 펼쳐지려 했다. 버니는 아라민타 쿨페퍼가 베개에 머리를 누일 수 있도록 살짝 움직였다. 만약 오늘 날이 맑다면, 하늘이 푸르고 햇살이 가득하다면, 버니는 일요 성경학교에 가서 찬송가를 부르고 아마도 사자굴에 던져진 다니엘이나 엘리사, 또는 불수레를 타고 하늘나라로 간 엘리야에 대한, 귀 따갑게 들은 옛날이야기를 또 들어야 할 터였다. 그러고 나면 버니의 오늘 하루는 어떻게 이어질까? 교회에서 돌아온 버니가 편안히 볼 요량으로 신문 만화면을 바닥에 펼치면 분명히 누군가가 곧바로 들어와 외칠 것이다. '세상에, 집에만 틀어박혀 있기에는 날씨가 아깝잖니. 나가서 운동 좀 하는 게 어때?' 그리고 버니가 나가는 척만 하고 실제로는 나가지 않으면 곧 다시 누가 와서 같은 말을 되풀이할 것이다. 결국 버니는 자기 의사와 상관없이 야구모자를 눌러쓰고 모직 외투를 입고 벙어리장갑을 껴야 하리라. 그러고는 집에서 쫓겨나 낙엽 깔린 길을 쓸쓸히 걷거나 꽃은 모두 지고 나뭇가지와 파삭파삭한 풀과 여름 꽃의 줄기만 남은 정원을 어슬렁거릴 것이다.

하지만 오늘은 아니야. 지붕에서 똑똑 떨어지는 물소리를 들으며 버니가 혼잣말을 했다. 오늘 아침은 아니야. 집 앞쪽 어디선가 문 열리는 소리가 들리더니 어머니의 목소리가 계단을 타고 올라왔다. 버니 몸속에서 스프링이, 돌돌 말린 스프링이 튕겼다. 버니는 벌떡 일어나 침대 발치로 이불을 차냈다. 씻고 옷을 입고 아래층으로 내려가자 어머니가 서재 벽난로 앞 조찬용 식탁에 앉아 있었다.

"안녕히 주무셨어요?" 버니는 두 팔로 어머니를 껴안고 입술에 다소 거칠게 키스를 했다. "안녕히 주무셨어요, 안녕히 주무셨어요?"

"응, 잘 잤단다."

어머니는 버니를 자기 앞에 세우고 꼼꼼히 씻었는지 확인했고, 버니는 아버지 자리에 음식 부스러기와 대충 접어놓은 냅킨이 있다는 사실을 알아차리고 안심했다.

"잘 잤니? 로버트는 일어났어?"

버니는 고개를 저었다.

"기척은?"

"없어요."

"깬 줄 알았는데."

버니가 식탁 앞에 자리를 잡는 동안 어머니는 버니가 먹을 토스트에 버터를 발랐다. 버터를 다 바르고는 벽난로 앞에서 베이컨 접시를 들어 올렸다.

"로버트는 《불가리아 소년 연합군》을 끝까지 다 읽는다고 열시까지 안 잤어. 잠 좀 잔다고 그사이 누가 암살당하는 일은 없을 거라고 말해줬는데도 끝까지 읽고 싶어 하더라." 어머니는 커피 한 잔을 더 마셨다. "네 형이 어떤지 너도 잘 알잖니."

로버트는 열세 살이었고 사람을 굉장히 짜증나게 했다. 버니가 보기에는 대부분의 사람들보다 정도가 심했다. 로버트는 늦게 자고 늦게 일어났다. 목욕하는 걸 싫어했고, 누가 자신에게 키스하는 걸 싫어했고, 음악 레슨 받고 연습하는 걸 싫어했다. 지하실을 나갈 때 불을 *끄*지 않았다. 굴이나 호박을 먹으려 하지 않았다. 아침에 날이 추워도 일어나 창문을 닫으려 하지 않았다. 거실 사방에 장난감 병정을 늘어놓고는 치워야 할 때가 되어도 결코 자기 손으로 치우는 법이 없었다. 심지어 놀다가 아무 말도 없이 사라져 누군가가 굴 파는 걸 도우러 간 적도 있었다. 그럴 경우 저녁식사에는 십중팔구 늦었으며, 옷은 진흙투성이에 손가락 마디의 피부는 다 까지고, 머리카락은 나뭇가지와 나뭇잎으로 엉망이고 새로 산 스웨터에는 구멍이 뚫린 채 돌아왔다.

로버트가 버니를 울리지 않고 넘어가는 날은 없었다(버니가 기억하는 한 그런 날은 없었다). 로버트는 버니의 절약 우표*와 납종이로 만든 공을 숨겼다. 또는 아라민타 쿨페퍼의 머리 타래를 잡고 흔들며 집 구석구석을 누비고 다녔다. 또는 버니의 팔을 비틀거나, 버니에게 새로운 묘기를 선보였다(로버트는 이 묘기를 통해 자기의 양쪽 엄지손가락이 기묘한 형태로 구부러지는 모습을 보여주려 했다). 또는 방 가운데에 버티고 앉아 버니가 더는 참지 못하고 울음을 터뜨릴 때까지 무섭지-무섭지-무섭지라는 말과 함께 손가락으로 버니를 가리키며 점점 더 조그만 원을 그려나갔다.

---

* 제1차 세계대전 기간에 미국이 전쟁 자금을 마련하기 위해 발행했던 우표.

오늘 하루도 다른 날들과 마찬가지로 엉망이 될 것이다. 하지만 로버트가 아직 2층의 침대에 있는 이상 버니가 걱정할 일은 없었고, 아침식사를 즐기지 못할 이유도 없었다.

"비가 와요." 그렇게 말하고 버니는 베이컨을 먹었다.

"그렇더구나." 어머니는 버니에게서 접시를 가져가 나중에 로버트가 따뜻하게 먹을 수 있도록 다시 벽난로 앞에 놓았다. "다섯시부터 내렸어."

버니가 희망에 찬 눈으로 창밖을 바라보았다.

"많이 왔어요?"

비가 오랫동안 퍼부으면 날이 갠 뒤에도 밖에 나가 놀지 않아도 될 때가 종종 있었다. 땅이 너무 젖은 탓에 잘못하다가는 크게 다칠 수도 있다고 했다.

"많이 왔어요, 엄마?"

"지금처럼 왔어."

버니는 지금 비가 억수같이 쏟아진다고 믿고 싶었지만, 바람만 세지 빗줄기는 가늘었다. 비가 최대한 소용돌이치고 갈지자로 치며 창문에 부딪치다 급작스레 조그만 개울을 이루며 유리에 미끄러져 내려야 했는데, 거의 그러지 않았다. 바람은 점점 거세졌고 비는 저 혼자 빙빙 돌았다. 집 안이, 서재가 갑자기 쥐죽은 듯 조용해졌다. 그저 통나무가 벽난로 안에서 타닥거리며 노래하는 소리만이 들렸다. 아침인데도 전등이 켜져 있어 밤에 커튼을 내리고 방문을 닫아놓았을 때처럼 벽은 자기 존재감을 확실하게 드러냈다.

"엄마, 혹시……"

그러다 버니는 속마음을 들킬까 겁이 나 잠시 멈칫했다.

"일곱시 전에 비가 오면……" 버니의 생각을 읽은 어머니가 식탁에서 일어나며 단호히 말했다.

일곱시 전에 비가 오면

열한시까지는 갠다네.*

풀이 죽은 채 접시를 내려다보는 버니의 귓전에 어머니가 생략한 말이 잔인하게 맴돌았다. 버니는 엄청나게 집중해 시리얼을 먹기 시작했다. 이젠 누가 살짝 건드리기만 해도 슬픔을 쏟아내고 말 터였다. 시간이 조금만 더 흘러도, 통나무 하나가 갑자기 굴뚝으로 불꽃을 한 무더기 날려 보내기만 해도 울음이 터지고 말리라.

어머니는 창가 의자에 앉아 조바심을 내며 반짇고리를 뒤졌다. 어머니가 혼잣말로 이제 버니도 다 컸다고, 또는 거의 다 컸다고 말하는 소리가 들렸다. 버니는 지난 8월부로 여덟

---

* 날씨에 관한 속담 중 하나.

살이 되었다. 하지만 아직은 모든 일을 혼자 해내기가 버거웠고 자꾸만 어머니에게 가 품에 파고들었다.

다음에, 다음에 시도해야지. 그리고 그때는 약해지지 말아야지. 버니는 다짐했다. 지금 어머니가 나한테 엄격하게 굴지만 않아도 좋을 텐데. 버니는 어머니가 이럴 때마다 견딜수가 없었다. 오늘 아침만큼은 싫었다…… 왠지 자신이 측은해지면서, 버니는 만약 어머니가 없다면 어떨까 상상하기 시작했다. 온갖 안 좋은 일에서 버니를 보호해줄 어머니가 없다면, 가령 날씨로부터, 로버트로부터, 아버지로부터 보호해줄 어머니가 없다면, 버니는 과연 어떻게 될까? 따뜻함도 위안도 사랑도 없는 세상에서 버니는 어떻게 변할까?

비가 다시 창문에 흘러내렸다.

마침내 바늘을 찾은 어머니는 바늘귀에 실을 끼웠다. 그리고 네모난 흰 천을 집어 들었다. 어머니는 이리저리 손을 놀리며 바느질을 했다. 갑자기 어머니가 말했다. "버니, 이리와보렴."

버니는 즉각 의자에서 내려왔다. 하지만 어머니 앞에 서자 어머니는 당혹스러움이 가득한 갈색 눈으로 버니를 가만히 살펴보았고, 버니는 마음이 무거워졌다. 무거워지다 못해 바위처럼 내려앉았다. 버니는 숨을 쉴 때마다 그 무거운 바위를 들어 올려야만 했다.

"누구 아이가 이렇게 천사 같다니?"

이 말과 전혀 생각지 못했던 키스에 버니의 마음이 차분하게 가라앉았다. 그리고 편안하게 어머니를 마주 보았다. 머리 위에서 들려오는 날개가 파닥거리는 소리, 웅장하게 울리는 트럼펫 소리, 북소리와 함께 버니는 다시 아침식사를 시작했다.

2

"뭐 만드세요? 찻수건인가요?"

버니는 어머니가 아주 묘한 방식으로 고개를 젓는 걸 알아
차렸다. 마치 머릿속에서 떠나지 않는 생각을 떨쳐버리려는
듯했다.

"꼭 찻수건처럼 보이네요."

어머니가 뭔가 새로운 일을 하면 버니는 늘 관심을 보였
다. 어머니가 카드놀이 모임에 초대받으면 버니는 나중에 누
가 이겼는지, 뭘 먹었는지, 좌석 이름표는 어떤 모양이었는
지 알고 싶어 했다. 어머니가 피오리아에 쇼핑을 갈 때면 자
기도 함께 가고 싶어 했다. 어머니가 옷을 갈아입고 나올 때
까지 오래 기다려야 했지만 그래도 옷이 잘 어울리는지 같

이 판단해주고 싶었던 것이다. 그렇다고 둘의 의견이 늘 일치하지는 않았다. 예를 들어 식당 벽지가 그랬다. 버니는 그 벽지가 있는 그대로 꽤 멋지다고 생각했다. 90센티미터마다 같은 위치에 성이 있는, 언덕이 그려진 가장자리 부분이 특히 그랬다. 각각의 성으로 말을 타고 가는 세 명의 기사도 마음에 들었다. 하지만 어머니는 버니가 그 어떤 상상의 나래도 펼칠 수 없는 평범한 벽지로 바꾸었다. 버니 생각에 이 평범한 벽지는 부엌에 바르는 게 훨씬 더 잘 어울리고 무난할 듯했다.

"찻수건이 아니면 뭔데요?"

어머니가 이로 실을 끊어내고 실패에서 실을 풀어 새로 길이를 재는 동안 버니는 초조하게 답을 기다렸다.

"기저귀야."

버니는 그 단어의 의미를 음미하며 살짝 흥분했다. 버니는 창가 의자로 조심스레 다가가 어머니 옆에 앉았다. 그곳에서는 옆 마당, 담, 쾨니히 가족의 마당, 쾨니히 가족이 사는 하얀 집의 옆면이 보였다. 쾨니히 가족은 독일인이었지만 그건 그들이 어찌할 수 없는 일이었다. 그들에겐 안나라는 어린 딸이 있었고, 안나는 돌아오는 1월이면 첫돌을 맞았다. 쾨니히 씨는 새벽같이 일어나 빨래하는 것을 도운 뒤에 출근했다. 세탁기는 새벽 다섯시에 덜컹거렸다. 아침식사 시간 무렵에는 빨 랫줄에 나란히 매달린 하얀 깃발이 가을바람에 나부꼈다. 물론 그건 깃발이 아니었다. 기저귀였다. 아무 의미를 담지 않은 그냥 기저귀였다. 곧 아기가 태어나는 게 아니면 사람들은 절대로 기저귀를 만들지 않았다.

버니는 귀를 기울였다. 한순간 버니는 비 내리는 바깥에 있었다. 몸이 비에 젖고 번들거렸다. 바람에 마음이 나부꼈다. 빗물에 젖은 나뭇잎 하나를 떼어냈다. 하지만 그 누구도 이런 일을 말하지 않았다.

어머니와 둘만 있을 때면 서재는 언제나 친근하고 익숙해 보였다. 둘은 서로 말하지 않았고 심지어 서로를 보는 일조차 거의 없었다. 하지만 각자 하는 일을 통해 서로의 존재를 느꼈다. 만약 어머니가 그곳에 없으면, 만약 위층의 자기 방에 있거나 부엌에서 소피에게 점심을 어떻게 차릴지 설명하고 있으면, 버니는 그 무엇도 현실 같지 않다고 느꼈다. 그무엇도 살아 있는 것 같지 않았다. 커튼 위에서 접혔다 펼쳐졌다 하는 주홍색 잎과 노란색 잎은 완전히 어머니에게 달려 있었다. 어머니가 없으면 잎들은 조금도 움직이지 않았고 아무 색도 띠지 않았다.

지금 어머니 옆 창가 의자에 앉은 버니는 똑같이 어머니에게 의존하는 존재가 되었다. 방의 모든 선과 면은 어머니를 향해 굽어졌기에 깔개 무늬를 볼 때도 버니는 자연스레 어머니의 신발코와 관계 지어 보았다. 어떤 면에서 버니는 어머니의 존재에 나뭇잎이나 꽃보다 훨씬 더 의존했다. 버니의 물건들이 그 물건인 동시에 어떤 경우에는 기사와 십자군으로, 혹은 비행기로, 혹은 행렬하는 코끼리로 변하기도 하는 것은 어머니의 존재 덕분이었다. 만약 어머니가 적십자에 보낼 붕대감을 끊으러 읍내에 가면(그래서 버니가 학교를 마치고 돌아왔을 때 혼자서 놀아야만 한다면), 버니는 어머니 없이도 장난감이 모습을 바꿔줄지 결코 확신할 수 없었다. 구불구불 복잡한 무늬의 동양풍 깔개에서 아무리 오랫동안 공깃돌을 밀고 다녀도 공깃돌은 끝까지 공깃돌이기만 할 터였다. 버니는 이제 주머니에 손을 넣어 노란 마노를 꺼냈고, 마노는 벨기에의 알베르 왕이 되었다.

귀에 익은 쿵 하는 소리가 다소 고통스러운 느낌과 함께 버니를 서재라는 세상으로 돌려놓았다. 쿵, 쿵, 쿵. 그 소리는 천장을 가로지르며 계속 앞으로 나아갔다. 로버트가 일어나는 중이었다.

"생각해봤는데……"

버니는 자기 손 위에 올려진 어머니의 손을 내려다보고 그 손을 맞잡았다.

"뒷방 말이야. 로버트한테 거기에 침대랑 의자 몇 개를 놓고 원하는 대로 꾸며도 된다고 말해두었단다. 이제 그 애도 원하는 대로 해도 될 만한 나이가 되었어."

버니는 고개를 끄덕였다. 버니와 어머니는 둘만 있을 때면 종종 이런 식으로 로버트 이야기를 하며 어떻게 할지 의논하곤 했다.

"만약 그렇게 하면, 당연한 말이지만 너는 이제 방을 혼자 쓰는 거야."

버니는 어머니더러 몸을 굽히라고 한 뒤 자기 정수리를 어머니 뺨에 가볍게 비비는 것을 좋아했다. 하지만 지금은 그러고 싶지 않았다. 왠지 혼란스러웠다. 버니는 창으로, 축축한 나무로, 비에 흠뻑 젖은 땅으로 시선을 돌렸다. 창 너머가 보일 만큼 창이 깨끗해지자마자, 신선한 바람이 다른 쪽에서 창으로 불어오더니 모든 것이 흐릿해졌다. 어머니가 버니에게 키스했을 때도 이와 비슷했다. 로버트를 뒷방으로 옮기는 일에 대한 대화, 버니가 만든 벨기에 마을 위치, 버니가 환등기를 두는 자리. 그게 기저귀와 무슨 상관이 있단 말인가?

"있잖니……" 어머니가 무릎 위에 흰 천을 펼쳤다가 접고는 기저귀 더미 위에 놓았다. "우리한테는 가족이 더 필요해. 적어도 한 명은 더."

"전 지금 이대로도 괜찮은 것 같은데요."

"그럴지도 모르지. 하지만 지금 네가 쓰는 방, 그 방은 너무……"

어머니가 손을 벌리더니 가만히 있었다.

버니의 방을 채울 누군가. 같은 거리에서 세 집 건너에 있는 브루 양의 집에 사는 크럼 씨처럼.

"하숙생을 들이는 건 아니죠?"

"아니, 하숙생은 절대 아니야. 그건 싫어."

"저도요."

크럼 씨는 코가 굉장히 컸다. 아침에 깨어나 로버트의 침대에서 크럼 씨를 보면 굉장히 불쾌할 터였다.

"내가 생각한 건 남동생이나 여동생이야. 그건 괜찮겠지? 혼자 있을 때처럼 시끄럽게 놀 순 없겠지만 말이야."

"네, 괜찮을 거 같아요. 하지만 그게……"

어머니는 버니만으로는 만족하지 못했다. 어머니는 어린 여자아이를 원했다.

어머니가 일어나 부엌으로 갔지만, 버니는 따라가지 않았다. 그저 가만히 앉아 노란 잎이 줄어드는 모습을 보았다. 천장에서 대롱거리는 거미를 지켜보았다.

3

아침식사 때는 그리도 친숙했던 서재가 이제는 바뀌리라는 것을, 불확실한 곳이 되리라는 것을 버니는 알았다. 아버지가 다시 집에 왔고, 그날 내내 집에 있을 예정이라고 복도의 괘종시계가 알렸다…… 하지만 옆면이 깨끗한 유리로 된 작은 놋쇠시계가 정적 속에서 돌연 튀어나와 그렇지 않을 거라고, 모리슨 씨는 점심식사 뒤에 다시 나갈 예정이라고 단언했다. 두 시계는 이 문제를 두고 옥신각신했다. 괘종시계는 천천히 자기 의견을 펼쳤고 다른 시계는 짤막하게 반론을 제기했다. 괘종시계가 주제와 아무 상관도 없이 '아홉시 사십오분'이라고 말하자 벽난로 선반에 놓인 작은 놋쇠시계는 '아홉시 오십분'이라고 했다. 이 논쟁이 계속되는 한 버니는 그 무엇도 확신할 수 없었다.

아버지는 의자에 앉아 일요일 자 신문을 읽고 있었다. 그러면서 가끔 엄숙하게 신문을 넘겼다. 아버지는 모두에게 들려주고 싶은 기사가 있을 때면 큰 소리로 신문을 읽었다.

"스페인 독감은 무엇인가? ……새로 나타난 것인가? ……스페인에서 시작된 것인가? ……현재 우리나라에서 발생 중인 이 병은 '스페인 독감'이라 불리며 '감기'와 비슷하지만 아주 전염성이 강하고 고열과 두통, 눈과 등을 비롯한 여러 부위의 통증과 심각한 몸살을 수반한다. 대부분의 경우 사나흘 뒤에는 증상이 사라지고 환자는 빠르게 회복한다. 하지만 폐렴, 이염, 뇌막염 등으로 발전하는 경우도 있으며 이렇게 합병증이 일어나는 경우 많은 환자가 사망한다. 소위 '스페인 독감'이라 불리는 이 병이 이전에 발병한 유행병과 동일한지는 아직 알려지지 않았다……"

버니는 '유행병'이라는 단어를 처음 들었다. 버니는 머릿속으로 고약하게 생긴 모습을, 요강 비슷하게 생긴 모습을 상상해보았다.

"비록 '스페인 독감'이라고는 불리지만 현재의 유행병이 스페인에서 유래했다는 증거는 없다. 이 문제를 연구한 몇몇 저술가는 이 유행병이 동양에서 왔다고 믿으며 1917년 여름과 가을에 동부전선을 따라 이 병이 발생했다는 독일인들의 언급을 주목해야 한다고 주장한다."

다리를 꼬고 앉은 침착한 모습에서 아버지가 유행병에 관심이 있다는 사실이 분명히 드러났다. 중국에서 일어난 홍수나 의회에서 생긴 일, 가족의 역사 같은 일에 흥미를 가질 때와 같은 이유였다. 그러니까 그런 일에 관심을 기울이기로 마음을 먹었기 때문이다.

아주 어렸을 때 버니는 목이 말라 밤에 잠에서 깬 뒤 물을 달라고 외치곤 했다. 그러면 잠시 후 비틀대며 걷는 소리와 욕실에서 물 트는 소리가 들렸다. 그리고 유리잔이 이에 와 닿았다. 버니는 기갈이 들어 물을 마시고 다시 잠들었다…… 그러던 어느 날 깜깜한 어둠 속 복도 바로 건너편 방에서 목소리가 들렸다. "아, 좀 알아서 챙겨 마셔!" 버니는 난생처음으로 자신에게 아버지가 있다는 사실을 깨달았다. 그리고 엄청나게 놀란 나머지 아버지가 하라는 대로 혼자 물을 마셨다.

그 일이 있고 난 뒤, 버니는 자신이 만든 틀 안에 아버지를 꿰어 맞춰보려고 애썼다. 늘 실패하긴 했지만 말이다. 아버지는 스스로를 제외한 다른 누군가가 정한 틀에 맞춰질 수 있는 사람이 아니었다. 우선 키가 너무 컸다. 목소리도 너무 컸다. 어깨도 너무 넓었고 시가 냄새가 났다. 가족 오케스트라에서 아버지는 피아노를 연주했고 로버트는 작은북을 쳤으며 버니는 큰북과 심벌즈를 맡았다. 아버지는 양팔과 머리를 모두 움직이며 연주를 시작했다. 소리는 늘 시작부터 어마어마했다. 그리고 방을 가득 채우고 의자 뒤까지 구석구석 모든 공간을 메웠다.

"주로 추운 계절에 갑자기 증가하는 일상적인 기침이나 감기와 달리 유행성 독감은 1년 중 어느 시기에든 나타날 수 있다. 요컨대 현재의 유행성 독감은 유럽에서 5월, 6월, 7월에 심각하게 퍼졌다. 더구나 평범한 감기의 경우 일반적인 증상(열, 통증, 무력감)이 그리 심각하지 않으며……"

버니는 어머니가 재채기를 하며 겁을 먹은 것을 보았다. 어머니는 단념했다는 듯이 두 눈을 감고 기다렸다.

"처음에 번질 때도 독감처럼 빠르지 않다. 마지막으로, 일반 감기는 독감처럼 빠르고 광범위하게 퍼지지 않는다……"

버니는 아버지 쪽으로 고개를 돌렸다. 아버지는 어째서 불편해하는 어머니의 기색을 알아차리지 못하는 걸까? 어떻게 계속 그 기사를 읽을 수 있을까?

"일반적으로 열이 사나흘 정도 지속된 뒤 환자는 건강을 회복한다…… 다른 전염성 질병과 마찬가지로 병세가 가벼운 환자에게서 옮아도 아주 심하게 앓을 수 있다……"

어머니가 다시 재채기를 했다. 그 바람에 평정심을 잃은 어머니는 더듬더듬 손수건을 찾았다.

"사망은 대부분 합병증 때문에 일어난다……"

"제임스……"

"응?"

"뭔가 다른 기사를 읽으면 안 될까?"

"되고말고."

버니의 가장 큰 마노와 가장 작은 마노가 서재 깔개 무늬에 있는 빨간 줄을 따라 경주를 했다. 어쩌면 어머니는 결국 버니와 같은 생각을 하게 될 수도 있었다. 그러니까 지금 아기를 갖는 일은 현명하지도 필요하지도 않다고 말이다. 어쩌면 나중에는…… 식당 벽지를 떠올리며 버니는 어머니가 계획을 계속 밀어붙일 게 확실하다고 생각했다. 버니가 관찰한 바에 따르면(버니는 정 할 일이 없을 때면 가끔 쾨니히 씨네 집에 놀러 가곤 했다), 아기는 엄청난 혼란을 뜻했다. "버니, 내 손수건이 안 보이는구나. 착한 우리 아들, 가서 다른 손수건을 가져다주지 않으련?"

버니는 고개를 끄덕였다. 아기가 생기면 드레스며 니트 모자, 부드러운 모직 스웨터를 사야 할 것이다…… 경주는 곧 끝날 예정이었다. 버니는 경주를 마친 뒤에 손수건을 찾으러

갈 생각이었다. 버니는 언제나 하던 일을 끝마치고 어머니의
심부름을 가도 됐다. 그건 둘 사이에 이미 양해된 일이었다.
가장 작은 마노가 뒤로 처졌다.

"얘야……"

아버지는 신문을 접어 무릎 위에 놓았다.

"엄마가 뭐라고 했는지 들었냐?"

"네, 아빠."

결승점으로 삼은 무늬 사이 넓은 녹색 입구에 가장 작은
마노가 들어갈 확률은 아주 낮았다……

"그럼 뭘 더 기다리고 있는 거냐?"

조용히 말했지만 아버지의 목소리와 매서운 태도가 버니
의 어깨 위에 단호하게 내려앉았다. 버니는 저항을 하면서도
소용없음을 알았다. 버니가 일어나 앞계단으로 가지 않는 한
그 압박은 사라지지 않을 터였다.

"아니에요." 버니는 대답하고 일어났다.

문가에서 버니는 뒤를 돌아보았다. 서재는 완전히 바뀌어
있었다. 짙붉은 굴뚝 벽돌은 서로 분리되고 거칠어져 있었
다. 전에는 알지 못했던 거친 수직선들이 보였다. 그리고 깔
개 무늬와 어머니의 신발코는 더는 관계가 있어 보이지 않
았다.

작은 놋쇠시계는 이미 열시를 알렸고, 이제 복도의 괘종시계가 열시를 알리기 시작했다. 굉장한 소동이었다. 괘종시계는 노인처럼 목청을 가다듬었다. 일단 울리기 시작하자 그무엇도 시계를 막을 수 없었다. 집을 찢어발기려는 듯이 육중한 소리를 내며 괘종시계가 울렸다.

댕…… 댕…… 댕……

시계 종소리가 공기를 타고 내려올 때마다 아버지의 시가 연기가 꽃줄처럼 소리를 휘감으며 장식했다.

"찰리 채플린이 결혼을 했다…… 신부는 영화배우인……"

버니는 검은 옷과 콧수염과 지팡이, 바깥쪽으로 활짝 벌린 두 발을 보았다. 버니는 아기에 대해 결론을 내렸다. 아버지가 아기 얘기를 듣지 못해서 다행이라고.

4

보이지 않는 곳 어디선가, 복도 저편에서 나지막이 풋풋풋 거리는 소리가 들렸다. 버니는 갑자기 슬퍼지며 마음이 무거 워졌다. 세상에서 저런 소리를 낼 수 있는 건 단 하나뿐이었 다. 바로 버니의 증기선이었다. 로버트가 욕조에 물을 채우 고 버니의 증기선을 가지고 노는 것이 분명했다.

버니는 서서 뒷방 문을 바라보았다. 로버트가 쓰게 될 방 이었다. 현재 이 방에는 버니가 만든 마을뿐 다른 물건은 아 무것도 없었다. 머지않아 로버트는 이 방을 갖게 될 것이다. 로버트의 옷이 옷장 옷걸이에 걸리리라. 로버트의 신발이 옷 장 바닥에 굴러다니리라. 버니가 증기선을 돌려달라고 할 때 마다 로버트는 돌려주려 하지 않으면서 "먼저 갖는 사람이

임자야"라고 말했다.

그건 로버트가 버니보다 다섯 살 반이나 더 나이가 많기 때문이었다. 버니가 돌려달라고 말해봤자 로버트는 신경도 쓰지 않았다. 물건을 되찾고 싶으면 로버트와 거래를 하거나 어머니에게 호소를 해야 했다. 하지만 어머니는 로버트가 이 방을 갖게 될 거라고 이미 명확하게 이야기했다. 모든 것은 결정되어 있었다. 로버트가 커서 어떤 사람이 될지 결정되어 있듯이 말이다. "변호사가 될 거예요." 로버트는 누가 물어보면 그렇게 대답했다. 늘 한결같이 말이다. 다른 대답은 한 적이 없었다. (버니는 건축가가 될 예정이었다.) 블래니 외할아버지처럼 로버트는 법정에서 법의 대리인이 되어야 했고, 그것 말고 다른 선택지란 없었다. 그리고 '감사의 마음을 담아 일리노이 주 로건 시민이 로버트 모리슨에게 드림'이라고 새겨진, 손잡이가 황금으로 된 지팡이를 반드시 선물로 받아야 했다.

지구상의 그 무엇도 로버트가 법률가가 되는 일을 막을 수 없었다. 동시에 그 무엇도 로버트가 뒷방을 차지하는 것을 막을 수 없었다. 버니는 때가 되면 칠판과 환등기를 둘 다른 곳을 찾아야 하리라는 사실을 이미 알고 있었다. 벨기에 마을 역시 작은 조각을 하나씩 집어 집 안 어딘가에 다시 지어야 할 것이고 가족들은 때때로 벨기에 마을을 밟고 불평을 터트릴 터였다. 환등기는? 그건 어떻게 해야 할까? 진녹색 블라인드가 쳐진 곳은 이 방뿐이었다. 버니의 옷장은 창이 달려 있지 않아 칠흑처럼 깜깜하긴 했지만 넓이가 충분하지 않았다. 게다가 전선은 어떻게 한단 말인가?

나지막이 풋풋풋거리는 소리가 멎은 뒤 로버트가 거만하게 혼잣말을 하기 시작했다. 버니는 잠시 그 소리에 귀를 기울이다 모퉁이로 걸어가 욕실 너머를 들여다보았다. 로버트가 세면대 위 거울에 비친 자기 얼굴을 보기 위해 변기 뚜껑을 닫고 그 위에 올라서서 낭송을 하고 있었다. 로버트는 뚜껑 위에서 중심을 잡으며 계속 읊었다.

그리고 만약 그대가 나에게
이곳 스코틀랜드에 사는 사람 그 누구도 내 벗이 아니라고

로버트의 소매는 양쪽 모두 팔꿈치까지 젖어 있었다. 스타킹은 아침식사 이후 찢어진 곳이 있었다. 그리고 한쪽 다리는 뻣뻣하게 늘어뜨리고 있었다. 사람들은 그게 '로버트의 고뇌'라고 말했다. 물론 로버트가 듣지 못할 때였다.

오래전 버니가 아기였을 때, 베개에 뉘여 옮겨야 할 정도

로 마른 아기였을 때 로버트가 다쳤다. 버니는 그 사건에 대해 자기가 들은 부분만큼만 알았다. 로버트는 마차 뒤에 타려고 뛰어오르다가 바퀴에 깔려버렸다. 그 사고로 한쪽 다리를 무릎 위쪽으로 13센티미터까지 잘라내야 했다. 아이린이 시카고까지 가서 아름다운 장난감 병정, 정확히는 장난감 기병을 사다준 것도 그 일 때문이었다. 로버트는 그 장난감을 아무도 못 만지게 책꽂이 꼭대기에 올려두고 간직했다.

지금 로버트는 연습을 하고 있었다. 특정한 동작을 마음에 드는 수준으로 구사하게 되자 로버트는 거울 속 자기 모습을 보며 이를 드러내고 살짝 뒤로 물러서더니 낭송을 시작했다.

그리고 만약 그대가 나에게
고지대든
　　저지대든
　　　먼 곳이든
　　　　가까운 곳이든
이곳 스코틀랜드에 사는 사람 그 누구도 내 벗이 아니라고 말한다면
앤거스 경, 그대는

거짓말을 하는 거외다!

복도에서 들어도 그 효과는 무시무시했다. 버니는 조용히 물러나 어머니 방으로 들어가 손수건을 꺼냈다. 그러고는 어머니에게 손수건을 전하고 다시 계단을 올라왔다. 이번에는 뒷계단을 이용했다.

5

일요일 아침은 도시를 침공하기에 안성맞춤인 시간이었
다. 정오가 가까워질 때까지도 버니는 상상의 나래를 펴고
있었다. 하지만 갑자기 상황이 역전되었다. 성곽, 성문, 지붕,
부서진 흙벽, 탑 들이 초라한 실체를 드러내며 발가벗겨져버
렸다. 접이식 물컵 두 개, 자 하나, 건축용 석재 하나, 마분지,
포장용 갈색 종이, 연필 세 자루, 나무 실패 하나. 그 뒤로 납
병정들이 벨기에 마을을 지키기 위해 서로에게 소리친다고
상상하는 일은 더 이상 가능하지 않았다.

정말로 따분해진 버니는 일어나 뒤쪽 복도로 갔다. 빨래
바구니와 어머니가 쓰는 암모니아 병과 청소용 걸레가 있는
곳이었다. 어머니라면 지금부터 점심식사 시간 전까지 지루

하기 짝이 없는 시간을 보낼 방법을 알고 계시리라. 버니는 어둑어둑한 계단을 더듬더듬 내려갔다.

버니는 부엌에서 어머니를 찾아냈다. 어머니는 식탁 앞에 앉아 있었다. 식탁에는 숟가락이 줄지어 놓여 있었고 팔꿈치께에는 은 광택제 용기 뚜껑이 열린 채 놓여 있었다. 버니는 말없이 높은 부엌 걸상에 앉아 가로대 사이로 다리를 꼬았다. 사실은 그렇지 않은데도 부엌은 항상 집에서 가장 오래된 곳처럼 보였다. 가장 오래되고 가장 길들어 보였다. 이세상에 태어난 뒤로 버니의 기억 속에 가장 먼저 아로새겨진 곳이기도 했다. 벽은 문질러 닦은 탓에 시커멌지만 금속이나 자기로 된 곳은 반짝였다. 창턱에 가지런히 놓아둔 그릇에는 먹고 남은 순무 윗동이 무성하게 잎을 틔웠다.

어머니가 광을 내고 있는 숟가락은 대부분 평범했다. 숟가락 닦기는 그리 흥미진진한 일이 못 되었다. 하지만 어머니는 숟가락들을 꼼꼼히 살펴보다 마침내 자기 이름(엘리자베스)이 새겨져 있고 장미와 파인애플, 그리고 켄터키 주 청사 뒤로 해가 지는 그림이 있는 숟가락을 찾아냈다. 버니는 천을 집어 들어 어머니의 이름을 닦았고 그러자마자 슬픔이 물러났다. 이제 버니는 부엌에서 어머니 곁에 있었기에 로버트가 뒷방을 차지하든 말든 자신과는 아무 상관 없다고 느끼게 되었다.

밖의 하늘이 점점 더 밝아졌다. 비는 가끔씩 쏟아졌다 잦아들었다 하며 고르지 않게 내렸다. 부엌 커튼이 밝아졌다 흐릿해졌다 다시 밝아지길 반복했다. 버니가 고개를 드는데 마침 식기실 문이 열렸다. 아이린이었다. 키가 크고 어깨가 떡 벌어진 아이린은 파란 비옷을 입고 있었다.

"놀랐지!" 아이린이 말했다.

버니는 이모에게 달려가 안겼다.

"온다는 말 못 들었어요."

"그러니까 '놀랐지!'라고 말했잖아."

아이린은 버니의 두 팔을, 팔꿈치 윗부분을 잡고 빙글빙글 돌기 시작했다. 둘은 마루 한가운데에서 빙빙 돌았다. 부엌이 이리저리 기울어져 보였다. 둘은 계속 돌았다. 어머니가 빙빙 돌아가고, 레인지가, 분홍색 앞치마를 한 소피가, 싱크대가…… 더 빨리…… 더 빨리…… 식탁…… 레인지…… 싱크대…… 식탁…… 레인지…… 싱크대가 길게 줄무늬로 보이기 시작하고…… 위쪽으로 더 길게……

둘이 회전을 멈춘 뒤에도 부엌은 한동안 혼자서 계속 돌았다. 아이린이 일요일에 식사를 하러 올 때마다 늘 이랬다. 어머니만이 차분하고 흔들림 없이 남아 있었다. 어머니가 식탁 의자에서 일어나 아이린을 맞았다. 둘은 레인지 앞에서 가볍게 키스했다.

버니의 어머니와 아이린 이모는 자매였지만 서로 조금도 닮은 구석이 없었다. 아이린의 머리카락은 버니 어머니의 머리카락보다 훨씬 더 밝은 색이었고 눈동자 색도 달랐다. 어머니의 눈동자는 짙은 갈색이었다. 머리카락은 검은색이었고 눈썹도 검었으며 몸무게도 훨씬 더 나갔다. 둘 사이엔 다이어트 얘기가 끊일 날이 없었다. 늘 '예방이 최선'이라며 둘은 자기들만의 특별한 차와 함께 딱딱하고 맛이 끔찍한 비스킷을 먹었다. (아이린에게 다이어트는 그저 수다거리일 뿐이었다. 더 이상 마를 필요가 없었던 것이다. 하지만 어머니가 옷을 사러 가면 가게 여직원은 이런 말을 했다. "넉넉하지만 맵시 나는 옷을 찾으시나요?") 두 사람의 손은 느낌도 모양도 완전히 달랐다. 버니는 아이린 이모의 두 손에서는 흥분을 느꼈고 어머니의 두 손에서는 어머니가 자신을 사랑한다는 사실을 느꼈다. 아이린 이모와 어머니는 동전의 양면처럼 달랐다. 하지만 둘은 그런 차이를 전혀 인식하지 못하는 듯했다. 둘은 함께 있는 걸 좋아했다. 그리고 종종 남들에겐 아무 의미 없는 이야기를 나누곤 했다. 예를 들어 아이린 이모가 "난 버터에 꽂혔어"라고 하면 두 사람은 함께 병적인 흥분 상태에 빠졌다. 버니가 그 말이 뭐가 그리 재밌냐고 물어도 둘은 설명해주지 않았다.

"먹을 건 충분히 준비했어, 베스 언니?"

버니는 어머니를 보았고, 어머니가 고개를 끄덕이자 안심했다. 아이린이 곧바로 가버리면 정말 아쉬울 터였다.

"정말로 '충분'하냐고." 아이린이 다그쳤다. "괜히 온 게 아니면 좋겠단 말이지."

그러고 나서 아이린은 답을 기다리지 않고 외투를 벗으러 갔다.

버니는 조심스레 그 뒤를 바짝 따라갔다. 아이린과 함께 지나가며 본 식당은 이제 기운을 차리고 곧 있을 즐거움을 준비하는 듯이 보였다. 열두시 십오분밖에 되지 않았지만 서재에 있는 놋쇠시계가 울리기 시작했다. 아이린이 오면 늘 이런 묘한 일이 벌어졌다. 대개 사람들의 고무덧신은 쉽사리 벗겨졌지만 아이린의 고무덧신은 한 짝이 바닥을 반쯤 미끄러져 가버렸다. 다른 한 짝은 현관의 외투걸이 아래에서 주워 와야 했다. 이윽고 아이린이 장갑을 당겨 벗으려는데 갑자기 위쪽에서 커다랗게 노래하는 소리가 들려왔다.

오 내가 죽거든

나를 묻지 마시게

그냥 내 뼈를

술에 푹 절여주시게……

버니는 설명을 해야 할 것만 같은 느낌이 들었다.

"로버트 형이에요." 버니가 말했다. "위층에서 제 증기선을 가지고 놀고 있어요." 그러고는 잠깐 생각한 뒤에 말을 이었다. "아그네스는 어디에 있어요?"

"할머니 집에. 오늘 하루 종일 거기에 있을 거야."

아그네스가 자기 친할머니인 힐러 할머니 집에 간 게 이상한 일은 아니었다. 하지만 대부분 아이린이 오면 어린 아그네스도 함께 왔다. 식사 뒤 버니와 아그네스는 소파 뒤에서 소꿉놀이를 하며 놀았다. 아그네스가 엄마였다. 아그네스는 침대를 정돈하고 먼지를 털고 바닥을 쓸고 전화로 청과물가게 주인(버니가 청과물가게 주인이었다)과 이야기를 하고 학교에서 돌아온 아이(푹신한 소파 쿠션이 아이였다)들을 위해 점심식사 준비를 했다. 하루가 끝나고 아버지가 집에 돌아오면(버니가 아버지였다) 어머니 말을 듣지 않은 아이는 엉덩이를 때려주고 말을 잘 들은 아이에게는 하모니카 연주를 들려주었다.

아그네스가 힐러 할머니 집에 가는 날은 주로 금요일이었다. 금요일에 버니의 어머니와 아이린 이모는 브리지 클럽에 갔다. 방과 후 버니와 아그네스는 함께 걸어갔다. 아그네스는 힐러 할머니네 집으로 갔고, 버니는 자기 친할머니네 집으로 갔다. 버니의 할머니는 클래라 고모와 윌프레드 페이즐리 고모부와 함께 버니네 집과 같은 구역에 있는 네모나고 하얀 집에 살았다. 다섯시 반이면 어머니가 차에서 버니를 불렀다. 아이린 이모도 함께 왔는데, 두 사람은 가장 좋은 옷을 입고 있었다. 버니를 태운 뒤에는 아그네스의 친할머니인 힐러 할머니 집에 들러 아그네스를 데려왔다. 보통은 그런 식이었기에 방금 전 아이린의 아주 밝고 명랑한 모습을 보지 않았다면 버니는 아그네스가 오늘 그곳에 가 있으리라곤 생각도 하지 못했을 것이다. 그러나 이제 아이린은 울적한 눈으로 버니의 정수리 너머를 물끄러미 보고 있었다.

"아이린 이모?"

아이린의 귀에는 버니의 말이 들리지 않는 게 분명했다. 만일 버니가 정말 묻고 싶은 걸 묻는다면 아이린은 좋아하지 않을 듯했다. 버니를 호기심 많은 고양이라고 부를 수도 있었다. 버니는 질문을 속으로 삼키려고 아이린의 집게손가락 끝에서 앞뒤로 흔들리는 지갑을 지켜보았다.

"아이린 이모, 왜 아그네스가 힐러 할머니 집에 가 있어요?"

"아빠를 보려고."

흔들리던 지갑이 멈추더니 바닥으로 떨어졌다. 버니는 깜짝 놀랐다. 버니가 몸을 굽혀 지갑을 집어 들었지만 아이린은 지갑에 그다지 관심이 없는 듯했다. 아그네스의 아버지는 보이드 힐러였지만 가족 누구도 그 이름을 입에 담지 않았다. 그 사람 얘기를 할 일이 생겨도 언제나 머리글자인 B. H.로만 지칭했다. 이름은 결코 입에 올리지 않았다. 어린 아그네스를 그 사람에게서 떼어놓기 위해 재판을 해야 했던 뒤로는 늘 그랬다. 그 뒤 그 사람은 떠났으며 버니 가족은 그가 어디에서 뭘 하고 사는지 아무것도 알지 못했다. 한참을 그렇게 살았다. 그런데 이제 그 사람이 돌아왔다면 온갖 의미로 해석될 수 있었다. 아그네스를 데리고 가기 위해 왔다는 뜻일 수도 있었다. 또는 예전에 그랬듯이 아이린 이모가 그 사람과 함께 살아야 한다는 뜻일 수도 있었다. 또는……

두 사람 바로 위 계단참에서 다시 노래가 들려왔다.

아예 침을 안 뱉는 게

훨씬 더 좋지

너무 멀리 침을 뱉어서

벽에 묻는 것보단 말이야.

　로버트가 손에 증기선을 들고 노래를 부르며 나타났다. 마지못해 빗는 시늉만 한 금발은 사방으로 뻗쳐 있었다. 로버트를 보자마자 아이린의 얼굴이 밝아졌다. 애당초 아이린은 로버트를 가장 좋아했다. 하지만 버니는 상관하지 않았다. 버니에게는 어머니가 있었다. 게다가 아이린은 버니가 집에 있어도 밖에 나가 놀라고 강요하지 않았다.

　"아는 걸 전부 다 말하지 말렴, 버니."

　아이린이 일어나 계단 쪽으로 갔다. 버니는 고개를 저었다. 가끔 버니가 그렇게 하긴 했다. 자신이 아는 걸 모두 말했다. 하지만 일부러 그러는 건 아니었다. 그리고 이번에 버니는, 아이린에게 잡히기 전에 (키스를 좋아하지 않는) 로버트가 잽싸게 몸을 피하리라고 확신했다.

6

아이린은 모든 것을 인상적으로 만드는 재주가 있었다.

심지어 아버지가 어머니를 위해 의자를 뒤로 빼주고 다 함께 식사를 위해 자리에 앉는 순간마저 버니에게는 인상적으로 느껴졌다.

아이린이 왔기 때문에 오늘은 특별한 날이었다. 추수감사절이나 크리스마스처럼 말이다. 모두 평소보다 더 기대감에 부풀어 냅킨을 펼쳤다. 서로 무슨 말을 하는지는 중요하지 않았다. 모든 대화는 소피가 구운 닭을 가지고 나타나 오늘이 특별한 날임을 확인해줄 때까지 시간을 보내기 위한 수단일 뿐이었다. 이윽고 사람들이 탄성을 내뱉었다. 어머니는 혹시라도 닭고기가 보기만큼 부드럽지 않으면 어쩌나 하는 걱정에 몸을 앞으로 내밀었다. 버니는 닭다리에 눈독을 들였다. 대개 닭다리 가운데 하나는 버니의 몫이었다.

"네 것이길 바라자꾸나." 아버지가 고기를 썰어 나눌 때 쓰는 대형 포크로 버니를 가리키며 말했다. 그러자 모두가 웃었다. 소피마저.

이윽고 아버지는 닭을 주의 깊게 살폈다. 잠시 긴장이 흐른 후 아버지가 칼로 닭을 잘라나갔다. 버니는 나중에도 모두가 이 순간을 기억하리라는 느낌을 받았다. 이제껏 본 적 없는 최고의 구운 닭 요리였기 때문이다.

"나는 조금만 줘, 제임스." 어머니가 말했다. 언제나 어머니가 가장 먼저 음식을 받기 때문이다. "감자는 안 줘도 돼."

"뭔가 먹어야지. 안 그러면 병 걸려!"

"응, 알아…… 금요 클럽에서 아멜리아 셰퍼드가 피오리아에 사는 어떤 여자 얘기를 했는데 그 여자는……"

"그건 말도 안 돼." 아버지가 얼굴을 찡그리며 말했다. 그 뒤로 아무 반박도 없었기 때문에 아버지는 찡그린 표정을 거두고 다시 고기를 썰어나갔다. 어머니는 가슴살 작은 조각을 받았고 아이린은 훨씬 더 큰 조각을 받았다. 로버트가 날개를 받자 버니는 더 이상 참고 지켜볼 수 없어졌다. 버니는 재빨리 고개를 돌려 커튼 주름 사이로 들어갔다 나왔다 하는 일본 순례단으로 주의를 돌렸다. 소피가 등 뒤로 지나가 식탁 맞은편 의자에 앉는 소리가 들렸다. 눈을 뜨자 바로 자기 접시에 닭다리가 놓여 있었다. 게다가 닭다리 옆에는 위시본*도 있었다.

버니는 행복해하며 주위에 둘러앉은 사람들 얼굴을 보았다. 어머니의 눈은 버니와 마찬가지로 짙은 갈색이었고 로버트의 눈은 개암색이었다. 록퍼드에 사는 에셀 이모 역시 눈이 개암색이었다. 하지만 아이린 이모의 눈은 회색이었다.

아이린을 보자 버니는 자신이 어깨를 구부정하게 숙이고 있다는 사실이 떠올라(아이린은 어깨가 아주 곧았다) 얼른 쭉 폈다. 자세를 바꿔도 아무도 알아차리거나 뭐라 하지 않았기에 버니는 곧 긴장을 풀고 음식을 먹기 시작했다.

대화는 진지해졌다. 전쟁과 전쟁이 끝난다는 소문의 시발점에 대한 말이 오갔다. 그러다 지난번 선거 이야기가 나오자 아버지가 즉시 대화에 끼어들었다. 어른이 되면 버니는 공화당 후보에게 투표할 것이다. 왜냐하면 버니의 아버지가 공화당원이고 아버지의 아버지 역시 공화당원이었기 때문이다. 그렇게 하기로 다 정해져 있었다. 아서 쿡의 아버지는

---

* 닭이나 오리의 목과 가슴 사이에 있는 V자 모양의 뼈. 이 뼈의 양 끝을 두 사람이 잡아당겼을 때 긴 쪽을 갖게 된 사람의 소원이 이루어진다는 속설이 있다.

민주당원이라 그 집 서재 벽난로 위에는 월슨 대통령의 사진이 담긴 액자가 놓여 있었다. 하지만 버니의 아버지는 그 일을 두고 완전히 바보 같은 짓거리라며 비웃었다. 휴스가 월슨에 맞서 출마했을 때 아서 쿡은 외투 깃에 작은 청동 당나귀 장식을 달았고 버니는 코끼리 장식을 달았다. 그리고 한동안 학교가 끝나고 집에 갈 때 함께 다니지 않았다. 하지만 그러던 것도 이젠 끝났다.

"영리해. 인정해……"

아버지가 남아 있던 마지막 그레이비소스 한 숟가락을 따른 뒤 소스를 더 가져오라고 소피에게 그릇을 주며 말했다.

"아주 영리해. 하지만 이 나라 사람들에게 조국을 위해 민주당 후보를 의원으로 뽑아달라고 부탁함으로써 그자는 일생일대의 실수를 저질렀어. 사람들에게 조국을 위해 민주당이 다수당이 되게 해달라고 부탁했지. 그 말을 함으로써 스스로 대통령직에서 내려와 그저 민주당 지도자 그 이상도 이하도 아닌 존재가 된 거야. 한나라의 대통령이 그보다 더 큰 실수를 저지를 수 있다면 뭔지 알고 싶군!"

아버지는 버니를 똑바로 바라보았지만 버니는 자신이 대답하지 않아도 된다는 사실을 알았다.

아버지가 한 말은 아무 반응 없이 공중을 맴돌며 무시무시

한 확신과 힘으로 이글거렸다. 그동안 아버지는 으깬 감자 요리를 먹었다.

"그 일로 얻은 게 뭐야? 있으면 말해보라고. 그자는 상하 원 모두의 통제력을 잃었어. 물론 아직도 대통령이지. 의회 가 그 자리를 빼앗을 수는 없으니까. 게다가 이 나라가 전쟁 을 하는 한 사람들은 애국심에서라도 그자를 지지할 수밖에 없어. 하지만 전시든 아니든 대통령이 입법부를 완전히 통제 할 권리는 헌법 어디에도 없지. 그자의 개인적 야심과, 정부 의 세수와 세출을 완전히 망가뜨려놓은 남부 민주당원 모임 의 야심에 관해 말하자면, 결국 제대로 따져보자면 말이야. 그것들이 이 나라의 복지를 '위험'에 빠뜨린 거야. 고작 자기 네……"

버니는 의자에서 몸을 비비 꼬았다. 어머니에게 하고 싶었 던 말이 떠올랐다. 아서 쿡에 대한 말이었다. 아버지가 이런 식으로 나올 때마다 식당은 원래의 고요함을 완전히 잃어버 리는 것 같았다. 버니는 식당 위층 침실을 떠올리며 그곳은 얼마나 조용할까 생각했다. 어머니는 윌슨 대통령 이야기에 도 불구하고 차분히 샐러드를 먹고 있었다. 어머니가 포크를 내려놓으면 버니는 어머니 쪽으로 몸을 기울일 수도 있었 다. 하지만 상황을 설명하기가 쉽지 않았다. 이미 일어난 일은 특히 더 그랬다. 버니에게 뭔가를 생각한다는 건 그것을 마음속으로 그려보는 일을 의미했다. 학교 운동장, 벌거벗은 나무, 조약돌, 인도, 보일러실, 건물 남쪽 끝을 따라 낸 처마. 그렇게 많은 이야깃거리 가운데 무엇부터 얘기해야 한단 말인가?

로버트라면 전혀 어려워하지 않을 것이다. '우리는 스리딥 놀이를 하고 있었어요'라고 거침없이 운을 떼고는 '그런데 갑자기 아서 쿡이 아팠어요'라며 이야기를 바로 끝낼 것이다. 아서가 아무도 잡지 않고 원을 두 번이나 돌았다는 사실 따위는 이야기할 생각도 않을 터였다. 아서가 놀다 말고 속이 안 좋다고 말한 사실도. 그런 다음 자전거 보관대 옆으로 가서 앉은 사실도 이야기하지 않을 것이다.

"지난 금요일에 학교에서……"

하지만 버니는 너무 크게 말을 했다.

"얘야……"

아버지가 윌슨 대통령 얘기를 잠시 접고 모든 주의를 버니에게 쏟았다. 그러자 이글거리는 조명 아래 발가벗겨진 듯한 느낌이 들어 버니는 부끄러웠다.

"내가 말을 마칠 때까지 조용히 기다리는 게 어떻겠니?"

그게 다였다. 아버지는 매정하게 말하지 않았다. 버니는 식탁에서 쫓겨나지 않았다. 벌을 주겠다는 위협도 없었다. 그럼에도 버니는 풀이 죽어 고개를 숙이고 음식만 먹었다. 그리고 모든 음식을 한 번 더 나눠 받았어도 그날의 기쁨을 되찾을 수는 없었다.

아버지는 음식을 먹기 시작했고 대화가 중단되었다. 로버트는 학교에서 만든 넥타이걸이에 대해 설명하기 시작했다.

"나무토막을 준비해요. 이 정도 길이쯤 되는 걸로요······" 로버트는 두 손을 벌려 나무 길이를 표시했다.

버니는 힐긋 본 것만으로도 아이린이 로버트의 넥타이걸이에 전혀 관심이 없다는 걸 알 수 있었다. 버니 역시 로버트의 넥타이걸이에 관심이 없었다. 버니는 로버트가 뭘 하든 전혀 관심이 없었다. 장난감 병정을 가지고 놀지 못하게 하는 일만 빼면 말이다. 로버트는 그 장난감을 가장 소중히 여겼다.

"그리고 대패질을 해서 매끄럽게 한 뒤 사포로······"

식당 창문 너머로 검은 앞발에 머리를 얹은 채 뒤쪽 현관에 엎드린 올드 존의 모습이 보였다. 존은 아주 나이가 많았으며 약했다. 겨울에는 다리의 관절염으로 고생했고 집 밖으로 나가거나 들어오려면 사람이 들어줘야만 했다. 존은 자신이 오래전에 묻어둔 뼈를 찾느라 하루의 절반을 보냈다. 아무도 없는데 열심히 꼬리를 흔들어댈 때도 종종 있었다.

마침내 로버트가 넥타이걸이 이야기를 마쳤다. 그러자 어머니와 아이린은 조리법을 교환했다.

"나는 그걸 숟가락으로 저어." 어머니가 말했다. "계속 한 방향으로 말이야……"

"차가운 물에." 아이린이 말했다. "그 뒤엔 끓을 때까지 놔뒀다가 천천히……"

한번은 같이 욕실에 있을 때 얇은 나이트가운을 입고 있던 아이린이 말한 적이 있었다. "버니 모리슨, 내 다리 좀 그만 봐!" 버니는 저도 모르게 얼굴이 벌게졌다. 하지만 왜 이모는…… 또 한번은 두 사람이 함께 마을 가장자리 너머까지 산책을 나간 적이 있었다. 마분지 상자에 읽을 책 한 권과 샌드위치를 넣어 가져갔다. 그늘이 드리워진(6월이었다) 첫 번째 길에서 길 밖으로 나와 나무 밑에 자리를 잡았다. 아이린은 버니에게 책을 읽어주었다. 벨기에의 소년 영웅들 이야기였다. 암소 한 마리가 다가와 울타리 저편에서 두 사람을 바라보았다. 이윽고 배가 고파진 아이린과 버니는 상자를 열고 샌드위치를 모두 먹었다. 벌써 한 해도 더 전의 일이다. 길에는 흙먼지가 펄펄 날렸고 공기는 무거웠다. 아이린의 목소리는 칼날이 맞부딪쳐 울리며 머리 위 잎들을 베어내는 소리처럼 들렸다.

버니는 이제 아이린의 주의를 끌려고 애썼다. 같이 마을 밖까지 갔던 날을 기억하는지 묻고 싶었다. 하지만 아이린은 무심하기 그지없는 표정을 하고 있었다. 조금 전 현관에서 지었던 바로 그 텅 빈 표정이었다. 어머니는 아버지한테 다음주 월요일이나 화요일쯤에 카를을 집으로 불러 방충망을 창에서 떼어내도록 해달라고 말하는 중이었다.

그사이 로버트는 아무 방해도 받지 않고 모든 음식을 세 번째로 덜어 먹었다. 그리고 자른 빵 전체에 버터를 발랐다. 그러면 안 되는 거였다. 먹을 만큼만 떼어낸 다음 버터를 발라야 했다. 게다가 그렇게 하면 올드 존이 먹을 건 아주 조금밖에 남지 않았다.

소피가 접시를 치우러 왔을 때 버니는 식탁에 있는 모두가 침묵에 잠긴 것을 깨달았다. 침묵은 대개 소피가 빵 부스러기를 털어내고 커피에 넣을 크림을 가져올 때까지 계속되었다. 디저트를 먹으며 어머니와 아이린은 옷 이야기에 빠져들었다. 어머니는 등에 주름장식이 있는 뭔가에 대해 말했다.

버니는 이런 주제가 도대체 뭐가 재미있는지 도통 알 수가 없었다. 버니는 로버트가 일어날 때 혹은 아버지가 일어나 일요일 오후 낮잠을 자러 서재로 갈 때 함께 식탁에서 일어날 수 있었다. 하지만 아직 어머니에게 할 말이 남아 있었다. 버니는 대화가 잠시 끊길 때까지 기다렸다. 아이린이 식사를 시작하기 전에 가져왔던 〈엘리트〉를 휘리릭 넘기기 시작할 때까지 기다렸다.

"학교에서 우리가 놀이를……"

"물개 가죽으로 만든 넓은 띠……"

아이린은 언니가 볼 수 있도록 잡지를 들어 올렸다.

"……랑 호블 스커트*."

"그건 허리가 너무 꽉 껴." 어머니가 말했다. "서커스 텐트의 줄무늬만큼이나 절개선이 많이 들어간 거라면 모를까. 난 안 돼."

버니는 코끼리를 볼 수 있을까 하는 마음에 식탁 건너편을 훔쳐보았지만 코끼리 같은 건 전혀 보이지 않았다. 순 여자 옷뿐이었다. 주름을 잡은 외투, 그리고 블라우스. 버니는 씁쓸하게 생각했다.

"엄마……"

"넌 입을 수 있어, 아이린."

어머니는 잡지를 건네받고는 생각에 잠긴 채 대충 페이지

----

* 발목으로 갈수록 폭이 점점 줄어드는 스커트로, 1910년대 초에 유행했다.

를 넘겼다.

"하지만 언니도 입을 수 있어."

"말도 안 되는 소리 하지 마."

"언니나 그러지 마." 아이린이 흥분해 받아쳤다. 아이린은 아주 작은 자극만 받아도 쉽게 발끈했다. "베스 언니, 이런 옷도 다른 옷이랑 똑같아. 얼마든지 쉽게 따라 입을 수 있다고. 그리고 넉넉하게……"

버니는 학교 운동장을 생각했다. 자갈, 흙, 하지만 풀은 거의 없었다. 벌거벗은 나무들, 자전거 보관대, 그리고 아서 쿡의 아픈 눈.

"엄마, 제 말 좀 들어주세요!"

버니는 아까보다 더 크게 말하고는 어머니의 소매를 잡아끌었다.

어머니가 버니의 손을 꽉 쥐었고, 그래서 버니는 이제까지 어머니가 계속 자기 말을 듣고 있었다는 사실을 깨달았다. 조만간 어머니는 온전히 버니에게만 주의를 기울일 터였다. 단지 지금은 조용히 있어야 할 때였다. 두 사람이 대화를 끝낼 때까지 방해하지 말아야 했다.

7

버니의 낮잠은 점점 결론에 가까워지고 있었다. 소리도 내지 않고 움직이지도 않으면서, 몸이 소파에서 분리되었다. 버니는 행성들 사이에서 자유로이 움직였다. 화성, 분홍색 행성, 그리고 고리가 있는 토성. 꿈은 얇아지며 점차 물러가기 시작했다. 버니가 지구로 다시 날아오는 동안 거세게 윙윙거리는 소리가 한순간 강해졌다…… 이윽고 갑자기 버니는 깨어났다.

아이린과 어머니는 거실 저쪽 끝에서 중요한 대화를 나누는 중이었다. 두 사람의 목소리는 낮고 단조로웠기에 버니는 단어들을 간신히 알아들을 수 있었다.

"전쟁 때문이 아니라고 확신해?" 어머니가 말했다.

"전쟁 때문일 이유가 뭔데?"

버니는 두 사람을 보고 싶었지만 감히 그러지 못했다. 버니가 깬 사실을 알아채고 아이린이 말을 멈출지도 몰랐기 때문이다. 버니가 듣고 있는 걸 알면 어른들은 항상 그랬다. 애들은 귀가 밝다는 게 어른들의 말이었다. 하지만 들키지 않을 방법은 늘 있었다. 식탁 아래나 의자 뒤에서 아주 조용히 놀면 됐다. 혹은 밤에 집 아닌 어떤 곳에서 몹시 졸리는 척하면 어른들이 소파에 눕히고 이불을 덮어줬다. 그러고 얼마 후 눈을 감은 채 고르게 숨을 쉬면 어른들은 아이가 잔다고 생각했다. 그런 식으로 버니는 온갖 일을 다 들었다.

"그게, 왜냐하면." 이제 어머니는 좀 더 분명하게 말했다. "왜냐면 그 사람이 속한 부서 전체가 프랑스로 옮겨가게 되었대. 그러니 넌 그 사람을 다시는 보지 못할 거야. 그럴 수도 있어, 아이린. 그냥 그럴 수도 있다는 거야."

"그럴 수도 있지. 하지만 나는 그렇게 생각하지 않아…… 언니도 그이를 봤으면 좋았을 텐데. 자기 나이보다 훨씬 더 들어 보인다니까."

"다들 그렇지 뭐. 어제는 흰 머리카락이 세 가닥이나 보이더라."

버니의 마음이 몸속에서 가볍게 뒤척였다. 헤아릴 수 없이 많은 모퉁이 가운데 하나를 돌아 버니는 자신이 기억하는 계단에 도착했다. 이곳, 이 집에 있는 계단이 아니었다. 그곳에서 조심스레 아래를 바라보자 아그네스가 자기 아버지의 품에서 벗어나려고 발길질하며 몸부림치는 모습이 보였다. 아그네스는 겁에 질려 있었다. 그리고 같은 말을 되풀이했다. "엄마한테 갈래…… 엄마한테 갈래……" 그곳이 누구 집인지는 알 수 없었다. 아침식사 도중에 기억난 꿈처럼 그 기억은 흐릿하고 불확실했다. 보이드 이모부는 아그네스를 안고 나간 뒤 문을 닫았다. 여기엔 중요한 의미가 있었으며 무언가 설명이 가능했다. 다만 버니는 감히 그것을 물어보지 못했다. 곧 아이린이 혼잣말을 하며 버니의 옆을 지나갔다. 버니는 아이린에게 말을 걸었지만 아이린은 버니가 거기 있다는 사실조차 알지 못했다. 계단 꼭대기에서 아이린은 방금 뭔가를 떠올린 사람처럼 가만히 서 있었다. 이윽고 아이린은 한 번에 한 계단씩 쿵쿵거리며 떨어졌다.

"그이는 좀 다른 의미에서 늙어 보여. 그리고 슬퍼 보이고. 도저히 뭐라 콕 집어 설명할 수가 없네."

"아마도 그렇겠지."

"하지만 언니가 그이를 봤더라면! 그이는 내내 생각에 잠긴 것처럼 보였어. 정중하게 대화를 하는 동안에도 말이야.

마치 없어선 안 될 뭔가가 하나 없어진 사람 같았어."

"그게 누구 잘못인데?"

버니는 어머니가 그렇게 인정사정없고 불신에 찬 목소리로 말하는 걸 처음 들어보았다.

"그이 자신이겠지. 하지만 그렇게 따지면 모든 사람이 그런걸."

"그럴지도 모르지. 하지만 나는 네가 그 사람과 살았던 마지막 두 달을 기억해. 그때 넌 마치 미친 여자 같았어."

"나도 알아. 상당 부분은 아그네스 때문이었지만 말이야. 그이는 굉장히 질투가 심했지. 하지만 그이의 더러운 성질머리와 비이성적인 면을 떠올리려 할 때마다 '내가' 먼저 시작한 별별 일도 다 생각난단 말이야."

비록 눈을 감다시피 하고 있었지만 버니는 거실 풍경을 힐긋 볼 수 있었다. 황록색 벽지, 녹색 카펫, 아이린과 어머니가 앉아서 이야기하는 거실 저쪽 구석의 녹색 그림자가 드리워진 공간. 아직 잠에서 완전히 깨지 않아 사물이 독특하게 보였다. 하얀 목조 장식은 벽에서 떨어져 있었다. 의자는 형태가 모호했다. 버니의 한마디(마법의 단어였다)에 소파 등받이가 다르게 구부러지고 나무 팔걸이는 조각된 포도송이를 앞으로 내밀었다. 세 줄의 사슬로 천장에 거꾸로 매달린 황금 그릇은 마로니에 열매 깍정이만 해졌다가 다시 커져서 이제는 셔토쿼* 모임 장소의 물놀이터만 해졌다. 버니가 눈을 찡그린 동안 시간이 다시 흐르며 벽은 흐물흐물 녹아내리더니 형태를 잃었다.

버니는 대화의 흐름을 놓쳤다. 다시 듣기 시작했을 때는 아이린이 말하고 있었다. "……그 여자는 아들을 데리고 있었는데, 열한 살 정도 되는 어린애였어. 매번 갑판에 올라올 때마다 여자가 애를 꾸짖더라고. 아이가 여러 사람에게 엽서를 쓰지 않고 모든 엽서를 같은 남자애한테 보낸다는 게 이유였어."

"보이드는 그 얘기가 왜 재미있는지 전혀 모르겠다더라. 내가 설명해줬는데도 여전히 재밌어하지 않았어. 하나도 안 중요한 일이래……"

버니의 속눈썹이 스치며 순간적으로 엉켰다. 내닫이창에서 들어오는 빛을 배경으로 속눈썹은 창(槍)만큼이나 크고 길어 보였다. 어머니가 일어나더니 벽난로 쪽으로 갔다. 그러고는 다시 돌아와 앉아 상자 하나를 무릎에 올려놓았다.

"사탕 먹을래?"

---

* 19세기 말과 20세기 초 미국에서 활발히 전개된 대중적인 성인 교육 운동.

"식사한 지 얼마 안 됐잖아. 사탕이 들어가, 언니?"

"너 잊었구나. 나 지금……"

"아, 그래. 사실 완전히 잊고 있었어. 언니가 전에 임신했을 때도 이렇게 많이 먹었다는 걸 말이야…… 하지만 같은 일을 두고 깔깔대는 사람도 있다는 게 중요하지. 또는 최소한 같은 식으로 뭔가를 즐기거나."

"만약 네가 그 작자에게 돌아가면, 아이린 넌……"

"오늘 오후에 내가 아그네스를 데려갔을 때 그이가 이미 거기 와 있더라고. 그래도 난 애를 데리고 들어갔지. 그러지 말았어야 했는데. 하지만 이미 골칫거리는 차고 넘치는데 그 사람을 피하려고 골치 아플 필요가 있나 하는 생각이 들더라고."

보이드가 이 마을을 떠나기 전 마지막으로 버니의 집에 왔을 때 버니는 이모부를 보았다. 그때 버니는 외할머니의 유품인 도자기 울프하운드 인형을 가지고 현관에서 노는 중이었다. 창밖을 보자 보이드 이모부가 이쪽으로 걸어오고 있었다. 초인종이 울렸다. 아버지가 가서 문을 열었다. 키가 크고 마른, 머리를 가로질러 흰머리가 올라오기 시작한 보이드 이모부가 거기 서 있었다. 이모부가 말했다. 아이린이 여기 있어? 그러자 아버지가 대답했다. 난 전혀 모르겠는데!

"보이드는 아주 기뻐했어. 언니 안부를 묻더라. 언니 생각이 많이 난다고도 했고……"

"그래?"

"그리고 가야 할 때가 되니까 그이가 날 집 밖까지 바래다줬어. 난 말을 매는 말뚝 옆에 서서 그만 갈게 하고 인사했지. 그이도 잘 가라면서 날 봐서 정말 기뻤다고 하고는 마치 스코틀랜드에서 온 귀부인이라도 배웅하듯 정말 정중하게 악수를 청하더라. 그러더니 갑자기 완전히 무너져버렸어…… 그이가 뭐랬게? 말해줘도 언닌 못 믿을걸. 그이는 눈물을 줄줄 흘리면서 서 있었어…… 실수였대. 지난 2년 동안 자기가 실수했다는 사실을 깨달았대. 어딜 가도 자기도 모르게 나만 찾고 있었대. 그래서 정신이 번쩍 들었대. 극장에 가도 공원에서 산책을 해도 여자만 보면 뒤통수가 꼭 나 같았대. 그러다 혹시나 진짜로 내가 아닐까 생각하며 따라가곤 했대……"

버니는 어머니가 사탕 상자를 들고 일어나자 눈을 가늘게 떴다. 어머니는 상자를 벽난로 선반 위에 놓았다. 계속 옆에 두면 먹고 싶은 유혹을 참을 수 없기 때문이었다. 이윽고 어머니가 말했다. "여자 뒤통수 이야기가 나와서 말인데, 요전날 로버트를 아무도 없는 데로 데려가 만약 나한테 무슨 일이 생기면 내가 쓰던 예쁜 유리잔이나 꽃병은 모두 깨뜨리겠다고 약속해달라고 했어. 내가 죽은 뒤에 다른 여자가 내 물건을 쓰는 꼴은 보고 싶지 않거든."

버니는 눈을 번쩍 떴다. 다음 순간, 자신이 자는 척하고 있었다는 사실이 떠올라 다시 눈을 감았다가 도로 떴다. 이번엔 좀 더 조심스럽게 떴다. 창들이 흔들거렸다. 버니는 녹색 옥수수밭에 있었다.

8

아이린이 집에 가려고 일어나면서 흥미진진하던 오후도 끝이 났다. 아이린이 가고 나자 버니와 어머니는 둘이서만 시간을 보냈다. 어머니는 분명 뭔가에 낙심해 있었다. 기저귀를 만들다 말고 한참 동안 벽난로 불빛을 바라보았기 때문이다. 한 번은 한숨도 쉬었다.

버니는 적당히 때를 보아 어머니에게 아서 쿡 이야기를 꺼냈고 아서가 학교에서 아팠다고 말했다. 간호사가 선생님에게 아서가 독감에 걸린 게 틀림없다고 말하는 소리를 바깥 복도에서 들었다는 얘기도 했다. 이번에는 확실하게 어머니의 관심을 끌었다. 어머니는 내내 걱정스러운 눈으로 버니를 보며 앉아 있었다. 그러다 버니더러 아까 한 말 중 일부를 다시 말해보라고 시켰다.

"버니, 왜 말 안 했니? 왜 지난 금요일에 말 안 하고 기다렸다 이제야 말하니?"

버니는 장황하게 설명하기 시작했지만 어머니는 이미 전화기를 집어 드는 중이었다.

"아서 어머니에게 전화를 해서 아서 상태가 어떤지 알아봐야겠구나. 그리고 엄마가 뭐 좀 생각할 동안 심부름 하나 해줄래? 집에 크림이 떨어졌어. 소피가 더 주문하는 걸 잊었구나. 저녁으로 콘브레드를 만들려면 버터도 필요하고. 반 파운드…… '9-9-2…… 네 맞아요……' 로버트가 스카우트 모임을 마치고 집에 돌아오면 보내도 되겠지만 네 형은 늦을 거 같구나."

항상 일은 생각지 못한 방향으로 흘러가는 법이었다. 버니의 할아버지가 말하길 총알 없는 총이 사람을 죽인다고 했다. 버니는 고무덧신을 신고 외투를 입고 모자를 눌러쓰고 장갑을 끼고 밖에 나가야 할 것이다.

평일이면 버니는 학교에서 곧장 집으로 왔다. 그러면 어머니와 둘만 있을 수 있어서였다. 네시 십오분이 되면 소피가 다과를 담은 운반대를 밀고 와 함께 티파티를 했다. 위에 하얀 아이싱을 바른 작은 케이크, 버니가 마실 우유 한 잔, 어머니가 마실 차가 있었다. 버니는 어머니의 무릎에 앉았고, 어머니는《트와넷의 필립》이나《속이 빈 나무와 깊은 숲》시리즈를 조금 읽어주었다. 까마귀 아저씨와 C-X 파이. 혹은 주머니쥐 아저씨의 사일러스 삼촌에 관한 이야기였다. 사일러스 삼촌은 사촌인 글렌우드를 만나러 도시에 갔다가 어떤 '인간'과 함께 돌아오는데, 굉장히 많은 새옷과 반짝이는 막대기가 가득 든 자루 하나도 같이 가져왔다.

책을 읽어줄 때면 어머니의 목소리는 위에서 아래로 부드럽게 떨어졌다. 목소리는 불꽃을 일으키며 회전했다. 진짜 불꽃처럼 그림자도 가득했다. 어머니가 책을 읽어주는 동안 가끔씩 버니는 어머니가 하품하는 모습을 올려다보곤 했다. 어머니가 책을 읽어주다 말고 멍하니 벽난로를 바라볼 때도 있었다. 그러면 버니는 어머니에게 책을 계속 읽어달라고 재촉해야 했다.

하지만 오늘은 아버지가 집에 오기 전에 어머니와 즐거운 시간을 보내지 못했다. 버니가 뒷문을 활짝 열었을 때 머리 위 하늘은 맑았고 공기는 가벼웠으며 따뜻한 기운이 전혀 없었다. 올드 존이 일어나 불안하게 발을 쭉 폈다. 버니는 그 몸짓이 자기를 따라가려 한다는 의미임을 알았다. 하지만 그런 몸짓에도 불구하고 올드 존은 더는 아무것도 할 수가 없었다. 올드 존은 자기 것인 네모난 카펫 위에 힘없이 주저앉았다.

슬픈 생각이 들었다. 만약 그 사람이 로버트였다면, 자길 부른 사람이 로버트였다면 올드 존은 함께 갔을 테지.

혹시라도 정원에 있는 뭔가를 놀랠 수 있지 않을까 하는 마음에 버니는 정원 길을 가로질러 갔다. 하지만 햇빛이 땅 위로 고루고루 흩뿌려진 채 포도나무 정자 아래에 서린 고요함 속에 단단히 내려앉아 있었다. 버니가 나타났지만 풍경에는 조금의 흔들림도 없었다. 양버들만이 살짝 무방비한 상태였고, 그래서 버니가 나뭇가지를 집어 들어 부러뜨리자 양버들의 얼마 안 남은 잎들이 리듬감 있게 흔들렸다.

버니는 부엌 지붕으로 올라가고 싶은 마음이 잠깐 들었다. 굴뚝 연도(煙道) 뒤에서 뻗어 나와 지면까지 비스듬히 내려간 부엌 지붕은 지하실 계단 위로 뻗어 있었다. 이윽고 버니는 방향을 돌려 현관 앞길 쪽으로 곧장 갔다. 울타리에서 쇠로 된 말뚝 하나가 사라지고 없었다. 옛날에는 머리를 웅크리면 그 사이를 통과할 수 있었다. 이제는 몸을 반으로 접다시피 해서 억지로 밀어 넣어야만 가능했다. 버니는 자라고 있었다. 옷도 9 또는 9 반을 입었다. 하지만 보도까지는 예전보다 더 멀어 보이지 않았다. 고개를 숙이고 두 눈은 시멘트

바닥에 고정한 채 버니는 가게를 향해 걷기 시작했다.

금을 밟으면
네 엄마 등이 부러질걸.*

모퉁이에서 버니는 별 이유 없이 고개를 들었다. 늘어선 느릅나무 가지가 공중에서 만나 거리 위로 터널을 이루었다. 텅 빈 거리에는 낙엽이 흩뿌려져 있었다. 롤리 부인의 상점은 다음 구역에 있었다. 상점 현관은 낡고 여기저기가 삐걱거리고 흔들거렸지만 높이가 상당해서 그 아래에서 허리를 펴고 설 수도 있었다. 롤리 부인의 상점 현관 아래 단단한 땅에서 소년 세 명이 무릎을 꿇고 팔을 앞으로 뻗어 구슬치기를 하고 있었다. 조니 딘, 페리스(담배를 피웠다), 마이크 홀츠였다. 비 온 뒤 맑게 개어 저 멀리까지 투명하게 보이던 오후가 갑자기 복잡하고 미묘해졌다.

교차로에서 버니는 길을 건너갔다. 두려움에 무릎이 후들거렸다. 물론 돌아갈 수도 있었다. 집으로 갔다가 잠시 뒤에 다시 올 수도 있었다. 하지만 그러면 어머니가 뭐라고 생각

---

* 아이들이 보도에서 금 안 밟기 놀이를 하며 부르는 구전동요.

하실까? 가게 맞은편에서 버니는 다시 길을 건넜다. 마이크 홀츠는 버니를 보지 못했지만 버니는 마이크 홀츠를 보았다. 마이크의 하얀 얼굴을, 조롱하는 표정을, 한쪽 귀까지 푹 눌러쓴 야구모자를, 더럽고 살진 손가락 관절을 보았다…… 계단까지만 가면 돼. 버니는 조심스레 혼잣말을 했다. 이윽고 계단에 다다른 버니는 공포에 휩싸인 채 등 뒤로 안전하게 문을 닫았다.

중년인 롤리 부인은 자기 집 현관처럼 약해지고 여기저기가 삐걱거렸다. 부인은 뒤로 묶은 머리 타래에 노란 연필을 꽂아두었다. 버니는 부인에게 고마움을 느꼈다. 사실 지금 모든 것에 고마움을 느끼고 있었다. 천장까지 빼곡히 들어찬 선반에 올려진 상자 속 물건에까지 고마움을 느꼈다. 모든 것이 확고하게 존재했다. 사과와 오렌지 상자, 부드러운 종이에 싸놓은 배, 거대한 양배추. 그중에서도 가장 확고한 것은 숄을 만지작거리고 있는 아주 늙은 여인이었다.

롤리 부인은 종이봉투에 써가며 덧셈을 하는 중이었다. 잠시 손을 멈추고 멍하니 버니를 보는 부인의 눈빛에서 버니는 부인이 숫자를 계산하느라 여념이 없음을 알아챘다.

"급하니?"

버니는 고개를 저었다. 전혀요. 조금도요. 버니가 가장 원하는 것은 시간이 완전히 멈추는 것이기 때문이다. 해와 달이 여호수아를 위해 그러했듯이 말이다.

나이 많은 부인은 생각에 잠긴 채 어깨에 두른 숄에서 핀이 빠질 때까지 치아를 하나씩 핥았다.

"7." 롤리 부인이 계속 계산했다. "그리고 2는 올리고."

버니는 유리 상자에 코를 댔다. 그리고 집중해 바라보며 젤리빈, 감초맛 젤리, 캐러멜, 캔디콘을 눈으로 맛보았다.

"시카고에서." 부인은 어깨 주위로 숄을 단단히 여미며 말했다. "사람들이 독감으로 죽어간다더구나. 세인트루이스에서도."

상상 속 목소리가 즐겁게 말했다. '맘껏 먹으렴, 버니. 뭐든 먹고 싶은 만큼 꺼내 먹어.'

롤리 부인이 머리 뒤로 연필을 꽂았다. "독감에 걸린 사람들이 많대." 부인이 말했다. 그러더니 숨도 쉬지 않고 곧장 말을 이었다. "뭘 달라고 했더라?"

"크림 주세요." 버니가 말했다. "버터 반 파운드도요."

그런 뒤 어떻게든 시간을 끌어보려고 버니는 롤리 부인의 삼색 고양이를 쫓아갔다. 고양이는 커다란 크래커 통 밑으로 숨었다.

"더 필요한 건 없고?"

롤리 부인은 낡은 아이스박스에서 꺼낸 크림과 버터를 버니에게 내밀었다. 더는 가게에 있을 명분이 없고 더는 찾아 달라고 부탁할 것도 없어서 버니는 몸을 돌렸다. 버니와 부인은 함께 나갔다. 계단이 젖어 있어서 두 사람은 천천히 걸었다. 인도에 도착하자 부인은 멈춰서 숨을 고르더니 손가락을 코에 대고 팽 하고 코를 풀었다. 버니는 목 끝까지 메스꺼워졌다.

부인을 따라 길을 건너며 버니는 그렇게 코 푸는 모습을 처음으로 봤던 기억을 떠올렸다. 농부였다. 무슨 보험료에 대한 처리 때문에 그 사람을 만나러 교외로 차를 몰았다. 아버지는 농가에 차를 세웠다. 아버지와 버니는 몸을 숙여 울타리 밑을 지나 맞은편으로 나간 뒤 데이지가 핀 초원을 나란히 걸었다. 그런 다음 들판으로 갔는데, 어떤 남자가 말들을 데리고 있었다. 아버지는 밀 가격에 대해, 지금 파는 것이 나을지 아니면 잠시 기다리는 것이 나을지 이야기했다. 그리고 사방에서 녹색 옥수수가 소리를 냈는데 마치……

"'저기' 간다!"

별안간 큰 목소리가 외쳤다. 뚱보 홀츠였다. 나무들이 비틀거리고 버니의 발밑에서 인도가 어지럽게 빙빙 돌았다. 버니는 있는 힘껏 달리고 또 달렸지만 뒤에서 누군가가 발을 걸더니 손으로 버니를 땅바닥에 냉혹하게 내팽개쳤다.

어떻게 해서 로버트가 여기에 왔는지, 누가 이렇게 꼭 필요한 순간에 로버트를 불러냈는지는 알 수 없었다. 어쨌거나 로버트가 그 자리에 있었다. 그걸로 충분했다. 로버트는 버니를 괴롭히는 아이들을 하나씩 떼어내 쫓아냈다. 이윽고 일어나 앉은 버니는 스타킹에 커다란 구멍이 뚫린 것을 보았다. 무릎에서 피가 났다.

"내 친구들이 모두 보고 있었는데." 로버트가 말했다.

매슈스와 스컬리와 베리힐과 노스웨이가 길 저쪽으로 건너가고 있었다. 누구도 이쪽을 뒤돌아보지 않았다.

"모두가 보고 있었는데." 로버트가 말했다. "너는 그놈들을 때리려는 시도조차 하지 않았어."

로버트 역시 버니를 미워했다. 버니는 깨진 유리와 인도에 하얗게 퍼져 나가는 얼룩을 보고 울음을 터뜨렸다.

9

벽난로 선반의 작은 놋쇠시계가 날카로운 소리로 일곱시
를 알리며 무한한 가능성과 함께 조용히 시작되었던 1918년
11월의 두 번째 일요일이 거의 다 갔음을 분명히 했다.

창가 의자의 자기 자리에서 버니는 깔개가 마구간과 길고
하얀 책꽂이 사이를 흐르는 강임을 알아차렸다. 강은 어머니
가 앉은 의자를 돌아 굽이쳤다. 빛이 어머니의 머리와 푸른
원피스 주위로 비스듬히 떨어졌다. 원피스 주름과 주머니는
그늘이 져 한층 어둡게 보였다.

작은 놋쇠시계의 소리가 멎자 괘종시계가 목청을 가다듬
더니 종을 울리기 시작했다. 요란하게 시계 종이 울리는 가
운데 로버트는 램프 전선을 더 꽉 쥐었고 다른 손으로는 《타

잔과 오파르의 보석들》의 책장을 넘겼다.

괘종시계 소리마저 멎었으니 이제 (공식적으로) 일곱시였다. 버니는 어머니와 눈길을 주고받았다. 아버지가 일어나 벽난로에 새 통나무를 넣었다. 그러고는 카드 한 벌을 꺼내 서재 탁자 위에 몇 줄로 엎어놓았다. 아버지는 사람들이 저녁 식탁에 너무 오래 머물면 불안해했다. 안절부절못했다. 그래서 대화 장소를 서재로 옮기려고 머리를 짜냈다. 이렇게 하면 아버지는 서재에서 카드를 섞고 뒤집고 나누며 시간을 보낼 수 있었다. 버니는 어머니 쪽으로 고개를 돌렸다.

"한 해 중 이맘때치고는, 11월치고는 너무 빨리 어두워지는 거 같아."어머니가 말했다.

물론 어머니는 정말 그런 뜻으로 말한 것이었다. 뭐가 됐든 알리고 싶은 다른 뜻 또한 담겨 있기도 했다. 아버지는 카드를 뒤집던 동작을 멈추고 어머니를 보았지만 버니는 그런 행동에 놀라지 않았다.

"난 몰랐어."

어머니와 아버지는 이처럼 버니의 지식과 경험으로는 도무지 이해할 수 없는 방식으로 서로 소통을 했다. 고개 끄덕이기와 침묵을 통해. 지쳤다는 듯이 축 처지는 어머니의 입꼬리를 통해. 안경알 위로 재듯 훑어보는 아버지의 시선을 통해. 버니는 무릎을 끌어안고 창밖을 보았다. 유리창에 방 안 풍경이 비쳤다. 버니는 커튼을 잡아당겨 머리 뒤로 넘기고서야 뭔가를 볼 수 있었다. 어머니 말대로 밖은 상당히 깜깜했다. 쾨니히 씨네 집 창에서 흘러나온 빛이 그 집 앞길을, 그 집 물탱크를 가로지르며 떨어졌다. 지금 손전등을 들고 뜰에 서 있다면 차가운 풀 사이를 기어 다니는 곤충들이 보이리라. 계속 밖에 있으면, 참을성 있게 기다린다면 찌르레기 소리도 들을 수 있으리라. 무리 지어 남쪽으로 날아가는 기러기 소리 또한 들을 수 있으리라…… 커튼이 스르륵 제자리로 돌아갔다. 다시 한 번, 유리창에 비친 방 안 풍경 말고는 아무것도 보이지 않게 되었다. 문을 잠가놓은 마차에 실린 신기한 서커스 동물들처럼 창밖의 밤(그리고 그 안의 모든 것)은 버니로부터 완전히 격리되었다.

"오늘 오후에 톰 맥그레거를 보려고 들렀어." 아버지가 말했다.

"다이아몬드 7이 있어, 여보."

"알아."

"이제는 알겠지. 하지만 아깐 몰랐잖아."

아버지가 스페이드 5나 다이아몬드 7을 찾던 중에 그 카드를 뒤집으면 어머니는 그때까지 전혀 신경 쓰고 있지 않다가도 직감적으로 알아채는 듯했다. 그리고 아버지가 속임수를 쓰기 시작하면 어머니는 방 저 끝에 앉아 있어도 손바닥 들여다보듯 척척 알아냈다.

"알고 있었다니까."

"클럽 잭, 그리고…… 그 사람은 어땠어?"

"그 사람이라니, 누구?" 아버지가 물었다.

"톰 맥그레거."

버니는 흥미가 일어 귀를 기울였다. 맥그레거는 버니의 편도선 절제 수술을 해준 의사였다. 로버트가 자전거를 타다 떨어져 눈 위가 길게 찢어졌을 때 꿰매주기도 했는데 흉터가 거의 남지 않았다.

"사냥개를 새로 구했더라."

"그럼 모두 몇 마리야?" 어머니가 갑자기 일어나 바로 앉더니 반짇고리를 뒤져 바늘 꾸러미를 찾았다.

"셋. 내가 기억하기론. 하지만 한 마리는 기생충이 있대. 그 친구는 늘 개 이야기만 해."

"그 개를 봤어요, 아빠?"

아버지는 카드를 한데 모으더니 바로 놓인 카드에서 뒤집힌 카드를 가려냈다. 아버지는 이렇게 한참 뜸을 들이다가 대답할 때가 있었다. 그럴 때면 버니는 종종 조바심이 나고 참을 수가 없어졌다.

"아빠, 그 기생충이 있는 개를 보셨어요?"

"그래."

"어떻게 생겼어요?"

아버지는 요란하게 카드를 섞고서야 대답했다.

"잉글리시세터였어."

실망한 버니가 창가 의자에서 일어났다. 부엌에 있는 소피에게 가볼 생각이었다. 소피라면 이야기를 하다가 화제를 딴데로 돌리지 않을 터였다.

부엌으로 가려면 깜깜한 식당을 지나가야 했다. 그다음으로 지나가야 하는 식기실 역시 완전히 깜깜했다. 부엌은 안전하고 밝았지만 위층에는 생각하기도 싫은 어두운 동굴이, 2층 복도 끝부분이 있었다. 대개 불이 꺼져 있는 그곳에는 그 끔찍한 뒷계단이 있었다.

"소피가 뭐 하는지 보러 갈래요."

어머니가 고개를 끄덕였고, 덕분에 버니는 안심이 되었다. 그 끄덕임은 '그러럼 얘야, 어서 가봐. 뒤돌아보지 말고'라는 뜻이었다.

식기실 문 아래로 노란빛이 길게 흘러나왔다. 그리고 목소리가 들렸다. 소피, 카를, 그리고 다시 소피의 목소리였다. 두 사람은 독일어로 이야기하다가 버니가 문을 열자 대화를 멈추었다. "안녕!" 버니가 말했다. 부엌의 따뜻한 공기가 순식간에 버니를 감쌌다.

"오늘 저녁은 어땠니, 부비야?"

카를은 비옷을 입은 채로 부엌 의자에 꼿꼿이 앉아 있었다. 얼굴에는 가느다란 땀줄기가 줄줄 흘러내렸다.

"내 이름은 부비가 아니라 버니예요!"

"에?"

아무리 고쳐줘도 늘 이 모양이었다. 카를은 절대로 기억하지 못했다. 언제나 커다란 두 손을 배 위에 올려놓고 고개를 끄덕였다.

"그래, 알았어. 그리고 쭉 생각했는데…… 아까 뭐랬지? ……부비?"

그러자 소피가 깔깔거리며 웃어대는 바람에 싱크대의 접시가 달그락댔다. 버니가 보기에는 소피가 웃을 특별한 이유가 없었지만 말이다. 일요일 저녁이면 매번 지금 같은 대화가 오갔다. 카를은 저녁식사 뒤에 나타나 비가 오나 해가 나나 상관없이 매트 위에 신발을 문질러 닦고 문을 한 번 아주 조용히 두드린 뒤에 들어왔다. 소피가 설거지를 하고 그릇의 물기를 닦는 동안 카를은 외투를 입은 채로 앉아 기다렸다.

그러다 버니가 부엌으로 들어오면 카를은 파이프 담배에 불을 붙였고, 버니를 무릎 위에 앉히고 이야기를 해주었다.

생각해야 할 일이 너무나 많고(아기가 태어나는 일과 로버트가 뒷방을 쓰는 일), 뚱보 홀츠까지 맞닥뜨린 오늘처럼 불안하고 터무니없는 날, 버니는 가죽과 파이프 담배 냄새에, 카를의 어깨가 주는 안락함에 몸을 맡겼다.

이야기는 늘 같았다. 카를의 문장들이 만들어낸 배수로를 따라가면서("이미 배수로는 너무나 깊었어……") 버니는 진흙을 파내는 카를의 증조할아버지를 보았다. 물이 카를의 증조할아버지의 발목까지 차올라 있었다. 버니는 나무들이 쓰러지는 것을 보았고, 배수로에서 거센 바람이 불고 또 부는 소리를 들었다. 결국 그 바람에 카를의 증조할아버지의 파이프 불이 꺼졌다. 버니는 분명 그런 일이 일어났으리라고 확신했다. 그리고 증조할아버지의 파이프가 꺼지자마자 카를이 입에 문 진짜 파이프, 담배통이 깊고 큰 파이프 역시 꺼졌다. 카를은 이야기를 멈추었고, 이야기를 다시 시작하기 전에 진짜 파이프에 담배를 채워야 했다.

처음에 카를은 자기가 담배쌈지를 어떻게 했는지 기억하지 못했다. 카를은 식탁 위와 의자 밑을 열심히 살피고 주머니란 주머니는 모두 뒤졌다. 바지 양옆도 두드려보았다. 버니까지 내려놓고 비옷을 대여섯 번은 확인했다. 마침내 담배 쌈지를 찾자(외투 속주머니에 있었다. 늘 두는 곳이었다) 카를은 파이프에 담배를 조심스레 채웠다. 너무 성기게 담거나 너무 빡빡하게 담지 않도록 주의를 기울여 눌러 담아야 했다. 두 번째 성냥불에야 파이프 담배에 제대로 불이 붙었다. 버니가 카를의 무릎에 다시 올라간 순간 소피가 행주를 마지막으로 짠 뒤 부엌 싱크대에 걸쳐 널었다.

"아버* 다음에……" 카를이 문간에서 버니에게 웃어 보이며 말했다.

하지만 다음이 아니라 지금 이야기를 끝까지 듣고 싶은데. 버니는 아쉬워하며 불을 끄고 한 손으로 벽을 더듬으며 복도를 걸어 식당까지 돌아왔다.

"말했잖아, 여보…… 어머니가 달리 가실 곳이 없다니까."

아버지와 어머니는 아직도 서재에 있었다. 아버지의 말투에서 버니는 두 사람이 할머니에 대해 의논하고 있음을 확신했다. 버니는 식당 의자 사이에서 잠시 머뭇거리며 이 대화가 엿들을 가치가 있는지 생각했고, 그러다 윌프레드 고모부와 클래라 고모가 밴달리아에서 윌프레드 고모부 가족과

---

* aber. '하지만'이라는 뜻의 독일어.

함께 추수감사절을 보낼 거라는 사실을 알게 되었다.

"왜 당신 어머니가 다른 곳에 가셔야만 하는데? 그냥 거기 계시면 왜 안 돼? 밤에만 와줄 사람을 구해서 어머니와 함께 계시게 해도 되잖아."

"집을 완전히 잠그고 갈 거래. 가스와 전기도 끊을 거고."

"'닷새' 동안?"

"응."

버니는 마을 반대편에 있는 클래라 고모의 집을 떠올렸다. 할머니랑 손님방 문 뒤로 난 좁은 계단을 올라가던 생각이 났다. 미지의 땅인 다락방에는 버니더러 뒤져보지 말라던 상자와 사진, 꽃병, 트렁크, 부서진 가구, 잡지, 책, 낡은 옷 따위가 가득했다. 온갖 물건이 너무나 많이 들어차 있어 버니는 물건들의 위치를 어림짐작으로밖에 기억하지 못했다. 이중 송풍관 옆에는 사촌인 모리슨이 어렸을 적 가지고 놀던 장난감이 있었다. 그 물건은 버니가 손대면 안 되는 것이었다…… 다락 두 번째 창문 옆에는 다른 물건들이 있었다. 로버트 것이었다. 물론 그리 많지는 않았다. 로버트의 손길을 버텨낸 장난감은 별로 없었다. 그것 역시 버니가 손대면 안 되는 물건이었다…… 다락방 저쪽 구석, 물탱크 옆에는 버니의 장난감이 달걀 바구니에 조심스레 담겨 있었다. 그것은 장뇌 냄새가 나는 할머니 방으로 가지고 내려갈 수 있었다.

할머니가 얇은 갈색 포장지로 퀼트용 본을 만드는 동안 버니는 실패 위에서 움직이는 예쁜 러시아 썰매를 가지고 놀았다. 루체른에 있는 빈사의 사자상을 본떠 만든 서진, 곰 세 마리의 집에 놓는 식탁과 의자도 가지고 놀았다. 바구니에는 장난감 말고 그림도 있었다. 다니엘, 마른 뼈 골짜기의 에스겔, 칼을 뽑아들고 태양과 달에게 멈추라고 명령하는 여호수아의 그림이었다.

버니는 클래라 고모 집에 있는 장난감들을 가지고 놀 수 없어서 무척이나 아쉬웠다. 천사가 그려진 작은 황금색 피아노가 특히 아쉬웠다. 한번은 지나가면서 손으로 건반 하나를 만졌다. 그러자 클래라 고모가 그 피아노는 (장티푸스로 죽은) 사촌 모리슨 것이니 절대 만지지 말라고 방 저쪽에서부터 소리쳤다.

"나는 클래라가 한 말을 그대로 전하는 것뿐이야."

버니는 문 쪽으로 좀 더 다가갔다. 조금만 더 가까이 가면 두 사람은 대화를 멈추겠지만, 버니의 등 뒤는 어두운 식기실이었고 부엌문은 활짝 열려 있었다.

"다른 때라면 괜찮아. 하지만 우리 둘 다 없을 텐데, 당신 어머니가 도대체 어떤 생각에 사로잡히실지 가늠할 수 없다는 거 당신도 알잖아. 어머니가 내 옷장 서랍을 맘대로 정리하시는 건 상관 안 해. 아니, 사실은 맘에 걸려. 하지만 어머니가 버니에게 젤리빈과 박하사탕을 배가 아플 정도로 먹이고, 소피한테 넌 루터파 교회에서 세례를 받았으니 하늘나라에 갈 수 없다고 대놓고 말하는 건…… 아이린한테는 또 뭐라고 해? 우리가 마음을 바꿨고, 그러니 우리 없을 때 애들을 안 봐줘도 된다고 해?"

"아니, 나는 처제가 와주면 좋겠어."

"나도 그래. 그쪽이 훨씬 좋아. 하지만 집이 좁아서 아이린하고 당신 어머니……"

그때 뒷계단에서 무슨 소리가 나는 바람에 버니의 다음 행보가 절로 결정되었다. 어찌나 갑작스러웠던지 놀라다 못해 하마터면 심장이 멎을 뻔했다. 버니는 두 팔을 벌린 채 환한 방으로 후다닥 들어갔다.

10

버니가 왼손에는 심벌즈, 오른손에는 끝부분에 천을 두른 커다란 북채를 들고 기다리는 동안 옆에 있던 로버트는 자기 의자 가장자리를 섬세하게 두드렸다. 유약을 바른 피아노 표면과 상아색 건반 위로 햇빛이 비쳤다. 아버지의 두 손이 건반을 오가며 일련의 화음을 두 번 반복했다. 거실 저편에서는 어머니가 그들을 바라보며 연주가 시작되길 기다리고 있었다.

"자, 여러분?"

버니가 어머니와 눈을 마주친 순간 아버지가 〈성조기여 영원하라〉의 도입부를 연주하기 시작했다. 버니는 너무나 갑작스럽고 너무나 거대한 음의 홍수에 휘말려 하마터면 익사

할 뻔했다. 버니는 8분의 6박자를 마치 돛대라도 되는 양 붙들었고, 왼손의 심벌즈를 오른손의 북채로 치면서 음의 홍수에서 빠져나오려 미친 듯이 애썼다.

칭……

쿵……

칭……

쿵……

쿵……

쿵……

쿵다닥쿵쿵

연주가 시작되자 음악은 스스로의 관성으로 실내를 휩쓸었다. 버니는 그 음에 실려 갔다. 피할 도리가 없었다. 로버트도 그랬고 어머니도 마찬가지였다. 유일하게 저항하는 것은 방뿐이었다. 녹색 벽이 받아친 것을 벽난로 불길이 잡아 굴뚝으로 올려 보냈다. 불의 손길이 미치지 못한 것들은 고리 모양 장식이 있는 가지 달린 촛대가 초조하게 빛으로 바꾸어 하나하나 동그란 고리 모양으로 띄워 올렸다.

〈성조기여 영원하라〉 다음으로는 〈워싱턴 포스트〉와 〈엘캐피탄〉과 〈미(美) 중의 미〉를 연주했다. 버니의 눈꺼풀이 무거워지기 시작했다. 음악이 흘러갈수록 눈꺼풀은 점점 더 무거워졌다. 초조해진 버니는 눈을 감으면 안 된다고 속으로 계속 되뇌었다. 잠들면 안 되었다. 하지만 금세 카를의 증조할아버지가 입에 파이프를 물고 배수로를 파고 또 파기 시작했고……

파고……

배수로로 물이 스며 나오고……

주위가 점점 어두워지고……

아주 강한 바람이……

"이번엔 뭐가 문제냐?"

음악이 멈추자 버니는 자신이 집에, 거실에 있음을 깨닫고 깜짝 놀랐다. 아버지가 자신을 보며 얼굴을 찡그리고 있었다.

"버니가 졸았어요." 로버트가 말했다.

"오 분마다 졸 거면 어떻게 우리와 연주하겠다는 거냐. 어디 이번엔 좀 제대로 하나 두고 보마."

완전히 위축된 버니는 지독히 비웃는 표정을 짓고 있는 로버트 너머만 가만히 응시했다.

아버지가 다시 피아노로 돌아앉더니 왼손으로 화음을 하나 치고 다시 하나를 더 쳤다. "몇 분 있으면 끝나니까 그때

가서 자라." 그들은 아까 연주하다 만 〈야전포병 군가〉를 다시 연주하기 시작했다. 버니는 억지로 눈을 크게 뜨고 있으려 애쓴 탓에 나중엔 눈이 다 아파왔다. 어머니가 좀 봐주면 좋으련만! 하지만 희미해져가는 햇빛 속에 어머니가 뭔가를 읽는 모습이 보였다. 잡지였다. 잠깐 눈꺼풀이 감겼고 다시 눈을 뜨자 방은 완전히 어두워져 있었다. 버니는 자신이 할 수 있는 일은 아무것도 없음을 깨달았다. 버니는 피아노 리듬을 들었다. 심벌즈가 무턱대고 울리고 북채는 북을 쳤다. 하지만 이제 음악이 어찌나 깊고 단단하고 편안하게 버니를 감싸는지 그 위에 누울 수도 있을 지경이었다. 음악은 오랫동안 버니를 들어 올리다가 이윽고 깜깜한 어둠 속으로 데리고 나갔다. 그곳에서는 천둥이 동심원을 그리며 쳤다. 빨간 고리…… 녹색 고리…… 옅은 자주색 고리……

"맙소사!"

"전 졸지 않았어요!" 버니가 외쳤다. 이제 버니는 잠이 완전히 달아났기에 자신이 진실을 말한다고 생각했다.

"아, 뺑치시네!"

이 말이 공을 차거나 친다는 뜻이 아닐 경우 다른 무슨 뜻인지 버니는 알지 못했지만 어쨌든 좋은 의미가 아니라는 건 분명했다. 그리고 버니의 내면에는 마냥 천사처럼 착하지 않으면서 남에게 다그침받기 싫어하는 꼬마가 있었다. 그 꼬마가 말했다. "너야말로 뻥치시네!"

강렬한 침묵이 온 방을 뒤덮었다. 버니는 자신이 너무 심했음을 깨달았다. 버니는 어머니를 보고 로버트를 보았다. 로버트는 버니의 시선을 피했다.

아버지가 엄하게 말했다. "자러 가거라, 얘야. 지금 당장."

버니는 소파 쪽으로 가서 어머니에게 잘 자라는 키스를 했다. 그러면서 분명 어머니가 분노하고 있으리라고 생각해 어머니의 얼굴을 열심히 살피다 심하게 충격을 받았다. 어머니는 '웃음을 참으려 애쓰고' 있었던 것이다.

어머니는 아버지에게 분노를 느끼지 않았다. 어머니는 아버지 편이었다.

계단을 올라가는 것 말고 버니에게는 다른 선택의 여지가 없었다.

11

버니는 교회 종소리에 일찍 잠에서 깼다. 하지만 월요일 아침이었다. 다시 일요일이 된 걸까? 아니면 뭔가 무시무시한 일이 벌어진 걸까?

침대에 누워 생각을 하는 동안 신발 공장에서 나는 경적 소리가 하늘을 가로질렀다. 이어서 정수장에서 경적 소리가 들려왔다. 그다음에는 화재 경보가 울리기 시작하더니 경적 소리와 종소리를 모두 그 끔찍한 신음 속으로 집어삼켰다. 이 소리는 아침 내내 울려퍼졌다.

마침내 베개 밑에 파묻고 있던 머리를 들었을 때, 로버트는 없었으며 침대는 어질러진 채 텅 비어 있었다. 마지막으로 몸을 한 번 돌려 버니 역시 일어났다. 씻고 옷을 입고 아래층으로 내려갔다. 그렇지만 가족들이 자기를 어떻게 볼지 모르겠다는 생각에 서재 문 앞에서 잠시 머뭇거렸다. 로버트와 어머니는 벽난로 앞에서 아침식사를 하고 있었다. 아버지는 창가 의자에 앉아 〈시카고 트리뷴〉을 읽고 있었다. 옆쪽 창턱에는 커피가 놓인 채 혼자 식어가고 있었다. 서재에 앉아 있는 가족의 모습은 무척이나 좋아 보였다. 무척이나 자연스러웠다. 버니는 생각했다. 자신이 기억하는 지난밤 일이 사실은 일어나지 않은 게 아닐까?

"안녕히 주무셨어요?" 버니가 공손하게 말했다.

세 사람 모두가 동시에 말했다.

"전쟁이 끝났어."

"와."

간밤에 버니는 깬 뒤로도 굉장히 진짜 같았다고 느껴지는 꿈을 꾼 거였다. 정말로 그랬던 걸까? 아버지에게 말대꾸했다가 올라가서 잠이나 자라고 혼난 일이 꿈이었을까? 버니는 아침 식탁 앞 자기 자리에 앉아 목에 냅킨을 둘렀다. 지난밤 버니 없이 한동안 음악이 연주되다가 갑자기 멈추더니 로버트가 2층으로 올라왔다. 거기까지는 사실이었고, 꿈이 아니었다. 버니는 실눈을 뜨고 로버트가 옷을 벗고 나무 의족 끈을 푸는 모습을 지켜보았다. 얼마 후 버니의 침대 주위로 어둠이 내려앉았고 버니는 마음 놓고 슬퍼할 수 있었다. 만약 어머니가, 버니는 생각했다. 만약 어머니가 곤경에 빠진다면 그 어떤 장애물이 가로막는다 해도 어머니에게 달려갈 거야. 하지만 어머니는 날 사랑하지 않아…… 뜨거운 눈물이 줄줄 흘렀다. 눈물은 뺨을 타고 베개로 흘러내렸다. 버니는 지쳐 가만히 누운 채 침실 문 아래 빛 조각을 바라보았다. 얼마 뒤 빛 조각이 커졌다. 아래층에서 이야기하는 소리가 들렸고, 이윽고 카드 테이블의 다리를 펴서 고정할 때 나는 삐걱거리는 소리가 들렸다……

마침내 평화

버니는 거꾸로 보이는 조간신문의 헤드라인을 해석했다.

독일이 항복하다
휴전 협정에 서명하다

"이것 때문에 그렇게 시끌시끌했던 거예요?"
"당연하지. 대체 무슨 생각을 한 거야?" 로버트가 참기 힘들 만큼 으스대며 말했다.

"난 몰랐어. 그냥 어디 불이 난 줄 알았는데."

"불! 얘가 뭐라고 하는지 좀 들어보세요. 얘는 휴전 협정이 이루어진 줄도 몰랐대요!"

버니는 뭔가 설명을 해달라는 뜻으로 어머니 쪽을 바라보았다. 버니는 '휴전 협정'이라는 단어를 처음 들어봤으며 형도 자기만큼이나 그 뜻을 모를 거라고 확신했다.

"잠시 싸움을 멈췄다는 뜻이란다." 어머니가 말했다.

"우리가 독일을 이겼다는 뜻이지." 로버트가 말했다. 로버트는 식탁 의자에서 일어났고 곧이어 현관문이 요란하게 닫히는 소리가 났다. 로버트가 집 밖의 흥분한 다른 사람들과 합류하기 위해 달려 나간 것이다.

어머니가 버니를 옆으로 끌어당겼다. "뭔가 잊어버린 거 없니?"

머리 빗기? 이 닦기? 얼굴과 손 씻기? 버니는 어머니에게 키스하는 것을 잊었다⋯⋯ 간밤에 버니가 누워 자고 있을 때 누가 버니 위로 몸을 숙였다. 누군가가 아라민타 쿨페퍼를 버니의 품에 안겨주었다. 분명 어머니였다⋯⋯ 그때 두 사람이 자길 봐주길 기다리고 있는 아버지의 모습이 보였다.

"이것 좀 들어보렴, 얘야. 어른이 되었을 때 기억하고 싶을 만한 일이야."

하지만 독일과의 휴전 협정에 대한 군사용어에 귀 기울이는 대신, 버니는 어머니에게 가 무릎에 머리를 묻었다. 왠지 기분이 아주 이상했기 때문이다. 어머니가 말하는 소리가 들렸다. "제임스, 얘 이마에 열이 펄펄 끓어!" 버니는 멍한 상태에서 분명 그럴 거라고 생각했다. 난 아플 거야. 버니는 생각했다. 어머니가 곁에 있으면서 시원한 손으로 이마를 만져주어 더없이 기뻤다. 그렇게 있으니 삶이 더는 불확실하거나 불완전하지 않았다.

2부

로버트

1

발밑의 풀은 짓밟히고 여기저기 납작하게 눌려 있었다. 소리를 지르느라 모두들 목이 쉬어버렸다. 다들 무릎을 꿇고 양손으로 땅을 짚은 채 발가락으로 몸의 중심을 잡고 있었다. 두 다리 사이로 당장이라도 쏟아질 듯한 하늘이 보였다.

9······

16······

37······

그리고 집의 지붕들.

오프사이드

오프사이드

64······

오프사이드

118시프트*

이제 조심해

좋아

조심해

좋아

조심해

그들은 전속력으로 달렸다. 주위로 나무들이 빙글빙글 돌고 있었다. 저녁의 회색빛이 그들의 이마와, 흙먼지 섞인 가는 땀줄기가 흘러내린 뺨과, 손을 어루만졌다. 그들은 서로 외치고 불러대며 함께 쓰러졌다. 등과 어깨가 부딪쳤다. 그들은 누군가의 허벅지로, 단단한 땅 위로 넘어졌다.

이제 너희가 킥오프할 차례야

좋아

이제 네 차례야

3……

17……

38……

---

* 미식축구에서 두 명 이상의 선수가 동시에 포지션을 변경하는 것.

매카티가 오프사이드야

47……

잡아

잡아

오……

너 끔찍하다, 노스웨이

로버트는 절뚝거리며 둥글게 모여선 목소리들 속으로 들어갔다. 매카티의 목소리. 항의하는 노스웨이의 굳은 목소리. 하늘이 로버트의 양어깨를 감쌌다.

아

차지 마

안 돼

그렇게 하는 놈은 때려눕혀

뭐

그건 바보짓이야

어서

어서, 모리슨, 패스해

패스해

땅바닥에 패대기쳐진 로버트가 숨을 헐떡였다.

터치다운

잘 들어, 다음부터……

터치다운

아니야

우리 거야

크게 외쳐

터치다운

언제

타임아웃이라고 내가 말했잖아

네가 언제 그랬는데

로버트는 땅에서 일어나 반바지 무릎 끈을 여몄다. 삽시간에 주위가 어두워졌다. 로버트는 머리 위로 스웨터를 입느라 낑낑거렸다. 그들은 이제 집에 갈 터였다. 매슈스와 스컬리, 노스웨이, 베리힐(무릎 사이에 공을 끼고 있었다), 엥글, 매카티.

안녕, 매카티

내일 보자

안녕

이 모자는 누구 거야

안녕

누가 모자를 놓고 갔어

내일 보자니까

잊지 마

내일 보자

하늘이 깜깜해지며 나무들 위로 무겁게 내려앉았다. 로버트는 자전거에 올라타 아이리시를 양쪽 손잡이 사이에 앉히고 들판을 떠났다. 그리고 보도를 달리다가 거리를 달리다가했다. 낡은 거리는 여기저기 움푹움푹 패어 있었다. 구멍에 빠질 때마다 자전거 앞바퀴가 이리저리 비틀거리며 로버트와 아이리시를 흔들어댔다.

"그때 터치다운을 했어야 했는데." 아이리시가 말했다.

"당연하지. 하지만 일이 그리될 줄 누가 알았겠어?"

자전거는 로버트 것이었지만 매슈스나 매카티나 베리힐이었다면 자기네가 페달을 밟겠다고 얘기했을 터였다. 로버트도 그러길 바랐고 그 아이들은 그걸 당연하게 받아들였다. 로버트의 다리 때문이었다. 아이리시는 절대로 그런 제안을하는 법이 없었다. 집에 갈 시간이 되면 아이리시는 와서 자전거 손잡이 사이에 앉았다.

기다란 세 번째 구역을 지나자 자동차 바퀴 자국이 사라지고 평평한 포장도로가 나왔다. 모든 교차로에 가로등이 켜졌다. 집들은 격렬히 흔들리는 불빛의 가장자리 너머로 물러섰다. 로버트가 고개를 돌리자 뒤로 길게 늘어진 자신의 그림자와 이리저리 흩어진 나뭇잎이 보였다……

노처녀인 탈매지 양의 단층 집을 지나자 베이커네 집과 매킨타이어네 집과 로이드네 집이 나왔고, 이어서 아이리시네 집 옆쪽으로 붙은 진입로와 현관 앞길이 나왔다. 아이리시가 자전거에서 내렸다.

"내일 보자."

"그래, 그리고 아줌마한테 점심 고맙다고 말씀드려줘."

"그럴게." 아이리시가 말했다.

아이리시네 집의 부엌 창문은 밝혀져 있었지만 다른 부분은 어두웠고 사람이 살 수 없는 곳처럼 보였다.

"안녕." 로버트가 말했다.

아이리시는 나뭇잎이 바람에 날려가길 기다렸다.

"안녕."

로버트는 혼자 자전거를 타고 마지막 가로등 구간을 지나갔다. 자전거 바퀴 그림자가 앞으로 길게 늘어졌다. 브루 양의 집, 미셸 가족의 집, 쾨니히 씨네 집 너머가(도무지 꿰뚫어볼 수 없는 저 어둠, 무시무시한 저 어둠 너머가) 로버트의 집이었다. 현관 등불과 현관문, 현관 앞쪽을 따라 늘어선 하얀 기둥, 그리고 그늘 속의 올드 존이 로버트를 기다리고 있었다.

"안녕, 응? 우리 꼬마, 잘 있었어?"

올드 존이 힘겹게 천천히 원을 그리며 꼬리를 흔들었다.
고개와 엉덩이와 꼬리 끝부분이 다 함께 흔들거렸다.

"잘 있었지?"

로버트는 자전거를 계단에 기대 세우고 현관문을 열고 들
어가 벽 쪽으로 몸을 붙이고 슬그머니 복도를 지나려 했다.
아이린이 로버트를 보고는 곧장 다가왔다.

"조심해요." 로버트가 나름 신경 써서 경고를 했다. "안 그
러면 옷 버릴걸요."

어머니를 피하고 싶을 때는 오른쪽으로 가는 척하다 왼쪽
으로 빠지면 그만이었다. 하지만 아이린은 그렇게 만만한 상
대가 아니었다.

"조심해요, 경고했어요!"

로버트는 똑바로 아이린에게 돌진했지만 빠져나가지 못하
고 결국 붙잡혀버렸다. 아이린은 고개를 숙이더니 숨이 막힐
정도로 키스를 했다.

서재 문가에 선 아버지가 말했다. "엘리자베스를 버니 방
에 절대로 못 들어가게 해. 맥그레거 의사가 '무슨 짓을 해도
못 들어가게 할 수 없다면 꽁꽁 묶어놔요'라고 말했어."

돌연 로버트는 아이린에게서 풀려나 있었다.

로버트는 야구모자와 제일 위에 입은 스웨터를 벗었다. 그리고 이제 아버지 옆에 가서 설 터였다. 아버지는 아들이 이처럼 굴욕적인 애정 표현을 당하는 광경을 참아 넘기지 않았기 때문이다. 아이린은 로버트가 키스받는 걸 싫어한다는 사실을 알았다. 그럼에도 단지 짓궂게 굴려고 그렇게 했다 …… 로버트는 혼란스러웠다. 운동장의 소음이 여전히 귀에서 울려댔다. 로버트가 헐렁한 반바지를 추스르자 아이린도 자기 치마를 추어올렸다.

"버니는 어디 있어요?" 로버트가 아이린에게 인상을 쓰며 물었다.

"버니는 아프단다." 대답은 아버지에게서 나왔다.

"어디가 아픈데요?"

"스페인 독감에 걸렸어." 어머니가 식당에서 이쪽으로 다가오며 말했다. 로버트는 눈길을 돌렸다. 산달이 가까워진 탓에 어머니는 배가 많이 불러 있었다. 로버트는 어머니의 배를 보지 않으려 했지만 그래도 가끔은 볼 때가 있었는데, 그럴 때마다 어머니는 거북해했다.

"내가 정신만 똑바로 차렸어도." 어머니가 한탄했다. 하지만 다른 가족이 아니라 자기 자신에게 한탄하는 게 분명했다. "전염병이 돌기 시작했을 때 버니를 학교에 보내지만 않았어도!"

밖에서 들어온 탓에 로버트는 서재가 굉장히 밝다고 느꼈다. 벽난로 열기가 옷 속까지 느껴졌다.

"마을에 아픈 사람이 생길 때마다 그 애를 매번 학교에 안 보낼 수도 없잖아요."

"로버트, 네 손……" 말투로 보아 어머니는 로버트의 말을 듣지 않은 게 분명했다. 어머니는 다시 기운을 냈다. "부엌에서 손을 씻으렴. 얼른 가서 씻어…… 나는 잠시 위층에 갔다 올 테니까."

아이린이 언니보다 먼저 문간에 가 섰다.

"내가 갈게, 언니."

"고마워, 하지만……"

"처제가 가는 게 나을 듯해." 아버지는 서둘러 말했다. 아내가 자기 말을 따를지 안 따를지 확신이 없는 듯이 들렸다. 열기와 빛 속에서 로버트는 이제 임신한 어머니를 똑바로 보든 말든 어쩌랴 하는 심정으로 몸을 돌려 어머니를 보았다.

"왜?" 어머니가 물었다.

"의사가 그러라고 했잖아. 당신은 버니 방에 가면 안 돼."

"하지만 제임스, 그건 말도 안 돼!"

"의사가 그러라고 했다니까."

어머니가 화를 낼지 원래 생각대로 다시 이야기할지 망설이는 동안 소피가 문간에 나타났다. 소피는 하얀 앞치마를 두르고 있었다. 그래서 로버트의 눈에는 소피와 벽난로 장식 선반의 작은 놋쇠시계가 한꺼번에 시간을 알리는 듯이 보였다.

"저녁이 준비되었습니다." 놋쇠시계와 소피가 함께 알렸다.

2

집 옆면을 때리는 충격에 로버트는 잠에서 깼다. 아직 잠이 덜 깬 상태에서 로버트는 한쪽 팔꿈치를 짚고 미적거리며 일어났다. 햇빛이 비쳤고, 창가에 나타난 카를의 머리와 어깨가 보였다.

"비 게츠?*"

카를은 미국이 전쟁에 참여한 뒤로 가족 누구에게도 독일어로 말한 적이 없었기에, 당황한 로버트는 처음에 선뜻 대답을 할 수가 없었다. 로버트는 그 말이 무슨 뜻인지 알았다. 하지만 어머니가 옷 만들 때 쓰는 재봉틀과 철제 틀을 보기

---

* Wie geht's? '잘 지냈어?'라는 뜻의 독일어.

전까지 여기가 어딘지 기억해내지 못했다.

"네, 그런 거 같아요…… 단지 이 방에서 자는 게 별로일 뿐이에요."

카를은 사다리를 약간 옮기더니 방충망 너머를 들여다보았다. 사람들은 로버트가 버니와 같은 방에서 지내면 안전하지 않다고 했다. 그래서 로버트는 재봉실에 머물게 되었다. 이전에 한번도 자본 적이 없는 곳이었다. 모두가 침실로 간 뒤에도 계단은 오랫동안 삐거덕거렸다. 게다가 블라인드가 달그락거리는 바람에 로버트는 잠들 수가 없었다.

"버니 때문에 어쩔 수 없어요. 그 녀석이 앓아눕는 바람에. 소피한테 들었나요?"

카를이 생각에 잠겨 고개를 끄덕였다. "유감이야." 그러더니 미소를 지었다. 하지만 보일 듯 말 듯한 그 미소는 얽은 얼굴 속으로 금방 사라졌다.

"나 곧 돌아가!" 사다리를 옮기며 카를이 말했다.

"돌아가다니 어디로요?"

"고향."

"독일? 거길 왜 가는데요?"

카를은 몸의 중심을 잡으며 방충망을 떼기 시작했다.

"만약 네가 아버지를." 카를이 말했다. "어머니를, 형제를 일곱 해 동안이나 못 본다면……"

로버트가 보기에 카를한테 자기가 독일인이란 사실은 굉
장히 중요한 문제인 듯했다. 그건 어쩔 수 없었다. 하지만 독
일로 돌아가 수많은 다른 독일인과 함께 있겠다는 건 또 다
른 차원의 문제였다. 로버트는 하품을 했다.

"그 창문은 대체 언제 닫아줄 거예요?"

카를은 엄청나게 힘을 쓰는 시늉을 내며 창문을 1센티미
터 정도 내렸다. 그러더니 방충망을 겨드랑이에 끼고 시야에
서 사라졌다. 이제 로버트는 이불을 박차고 일어나 직접 창
문을 닫을 수밖에 없었다. 로버트는 옷을 입으며 록퍼드에
사는 에셀 이모가 왔던 때를 생각하고 즐거워했다. 아이린
이모도 그때 있었다. 아이린 이모는 철제 마네킹에 드레스
를 입히고 모자를 씌우고 모피 목도리를 두른 다음 계단참
에 두어 로버트의 아버지를 속이자는 생각을 해냈다. 그리고
그들은 침실 문 뒤에 숨어 키득거리며 기다렸다…… 로버트
는 의족용 양말을 신은 뒤 의자에서 의족을 들어 다리 밑동
에 끼우고 의족 끈을 양쪽 어깨에 걸쳤다. 그러고는 엉거주
춤 서다 만 자세로 헐렁한 반바지를 입었다.

로버트의 '고뇌'. 사람들은 로버트가 안 듣는 줄 알고 그런
말을 하곤 했다.

아침식사는 평소처럼 서재 벽난로 앞 탁자에 차려져 있었다. 로버트는 어머니에게 아침 인사를 했고, 이어서 노란 꽃무늬가 있는 녹색 실크 기모노 차림의 아이린에게도 인사를 했다. 둘은 버니 이야기를 하고 있었다.

"열이 39도야." 아이린이 말했다. "게다가 눈이 아프다고 하네."

로버트가 냅킨을 펼치기도 전에 아이린이 로버트 쪽으로 고개를 돌렸다.

"혀 내밀어봐, 로버트. 네 상태가 어떤들 내가 놀라진 않겠지만…… 내 생각이 맞았네. 빨갛잖아. 엄청 빨개. 너도 조심해야 돼. 좀 보라니까, 베스 언니……"

하지만 어머니는 전혀 농담할 기분이 아니었다. "시리얼 여깄다." 어머니가 말했다. "설탕이랑 크림도. 이제 네가 알아서 먹으렴."

로버트가 아침식사를 반쯤 마쳤을 때 뭔가가 집 옆면을 때리는 소리가 들렸다. 이번에는 놀라지 않았다. 로버트는 토스트를 입에 가득 넣은 채 카를의 머리와 어깨가 서재 창문에 나타나길 기다렸다. 그러면서 독일로 돌아갈 카를을, 어머니나 아이린과 닮지 않았으면서 한편으로는 둘 다 닮은 에셀 이모를 차례로 생각했다. 자매 중 에셀 이모만이 머리가 백발이었다. 어머니보다 더 말이 없었으며 록퍼드에서 학교 선생님으로 일했다. 에셀 이모는 집에 올 때면 멋진 선물을 가져왔다. 로버트에게는 구슬이나 근사한 야구 글러브를, 버니에게는 블록이나 책이나 물감을 가져다주었다.

버니는 늘 색칠을 하거나 블록으로 뭔가를 만들었다. 그것 말곤 하고 싶은 일이 없는 듯했다. 야구도 구슬치기도 안 했고 다른 아이들이 좋아하는 어떤 놀이도 안 했다. 쉬는 시간에 다른 아이들이 게임을 하며 놀 때도 버니는 혼자 떨어져서 종이 울리기만 기다렸다. 그리고 누가 와서 괴롭히면 맞받아치는 대신 그냥 울었다.

"버니는 건강이 안 좋아." 아버지가 당부했었다. "버니랑 놀 때는 주의해야 해. 버니는 그 나이 때의 너만큼 튼튼하지 못해……" 로버트는 정말로 조심했다. 하지만 차고로 데려가 장검이나 단검으로 칼싸움 놀이를 하면, 손가락에 칼이 부딪치기만 해도 버니는 시끄럽게 울어대면서 집으로 들어갔다. 술래잡기를 해도 마찬가지였다(이번엔 좀 더 떨어진 곳에서 사다리 부딪치는 소리가 났다. 그리고 카를의 머리가 세 번째 창문에 나타났다. 카를이 사라지자 로버트는 마지막 남은 베이컨을 집었다). 좀 더 마음에 드는 동생이 있으면 좋았겠지만 동생이라곤 버니뿐이기에 로버트는 잘해주려고 최선을 다했다. 예를 들어 버니가 독감에 걸렸을 때는 책꽂이 꼭대기에 올려두었던 멋진 장난감 병정을 내려 보여주려고까지 했다.

이런 생각을 하는데 어머니가 로버트의 소매에 손을 올렸다.

"있잖니, 로버트……"

로버트는 식탁 앞에서 일어나 손등으로 입을 닦았지만 곧 마음을 바꿔 냅킨으로 다시 닦았다. 어머니는 화요일 아침 이 시간마다 깜빡 잊어버리고 세탁물 정리를 안 했다는 사실을 떠올리곤 했다. 깨끗이 빤 세탁물은 토요일에 도착했지만 어머니는 더러워진 세탁물을 보내야 할 때가 돼서야 도착한 세탁물을 정리했다. 스컬리와 베리힐에게 약속한 대로 아이리시에게 들렀다가 여덟시 반까지 학교에 가려면 로버트는 서둘러야만 했다.

세탁물 바구니는 언제나처럼 부엌의 레인지 반대편에 있었다. 세탁물 바구니를 들고 비틀비틀 서재를 지나가면서 로버트는 희망 어린 눈으로 어머니를 보았다. 하지만 어머니는 아이린의 얘기에 푹 빠져 있었다. 로버트는 계속 걸어갔다. 어머니와 아이린이 하는 얘기는 늘 로버트의 관심 밖이었다. 대화는 대개 요리나 옷에 관한 것이었는데, 듣고 있노라면 지루했다. 로버트는 바구니를 계단 꼭대기에 놓았고, 기다리

는 동안 말털 소파에서 털을 뽑으며 시간을 보냈다. 아이리
시가 로버트를 기다리고 있을 터였다. 둘 다 학교에 여덟시
반까지 가기로 약속했다. 어머니의 얘기가 이렇게 길어질 줄
미리 알았더라면…… 로버트는 인내심이 바닥나자 난간으
로 가서 아래쪽에 대고 소리쳤다.

"제발. 서둘러주시면 안 돼요? 저 가야 돼요."

어머니가 서재에서 큰 소리로 대답했다. "알았어, 로버트.
지금 나가." 하지만 어머니는 몇 분 더 지나서야 아래층 복
도에 모습을 드러냈다. 아이린이 같이 나와 계속 이야기하고
있었다.

"그게 문제야. 전에 한번도 먹어본 적이 없는 음식을 점심
으로 먹다니 생각도 할 수 없는 일이야."

난간에서 위험하게 몸을 내민 채 로버트는 두 사람의 정수
리를 내려다보았다. 아이린이 먼저 나왔다. 어머니가 따라왔
지만 걸음걸이가 훨씬 굼떴다.

"왜 그렇게 서두르는 건데?" 계단참에 이른 어머니가 물었
다.

"아이리시한테 학교 가는 길에 들르겠다고 약속했단 말이
에요."

"그런 이유라면 아이리시가 기다려야 할 거 같구나."

"아, 제발 좀요."

"그만, 이제 그만해, 로버트."

하지만 그럴 수 없었다. 로버트 입장에선 절대 이렇게 포기할 수 없었다. "엄마의 문제는……" 로버트는 침을 꿀꺽 삼키고 다시 어렵사리 말했다. "엄마한테 얼마나 착한 아들이 있는지 잘 모르고 계신다는 거예요. 해럴드 엥글하고 일주일만 같이 살아보세요. 그럼 당장 엥글네 집으로 달려가서 이렇게 말하게 될걸요. '로버트를 다시 데려와야겠어요, 엥글 부인. 해럴드랑은 잘 지낼 수가 없군요.'"

"난 잘 지낼 것 같은데, 로버트."

로버트는 기분을 가라앉히고 이불장 옆에 발판 사다리를 준비해두었다.

"쓸데없이 소란 피우지 마. 버니 시끄럽겠어."

어머니는 빨래 바구니를 들여다보더니 잠옷과 속옷을 분리했다. 셔츠, 냅킨, 식탁보, 수건을 각각 분류했다. 우선 침대보를 로버트에게 건넨 뒤 이어서 베갯잇을 건넸다. 그러고는 노래를 부르기 시작했다. 어찌나 소리가 나직한지 무슨 노래인지 알아듣기 쉽지 않았다.

굽이굽이

오솔길

꿈으로

가는 길에……

로버트는 급한 마음에 숨이 막힐 지경이었다.

나이팅게일은

노래하고

달빛

부서지네……

노래가 갑자기 멈췄다. 로버트는 무슨 일인가 싶어 침대보
와 베갯잇 사이로 고개를 내밀었다.

"여기에 새가 있네." 아이린이 흥분해 외치고는 환자가 있
는 방으로 다시 들어가 문을 닫았다.

어머니가 겨울 속옷을 한 아름 들고 로버트에게 돌아섰다.
"어떻게 좀 해봐, 로버트."

그러는 게 더 낫겠네…… 로버트는 발판사다리에서 미끄
러지듯 내려오며 우선 빗자루를 써보자고 생각했다. 빗자루
가 안 먹히면 어머니와 이모도 비비총을 허락할 수밖에 없

으리라.

위층으로 돌아오자 어머니와 아이린은 모두 버니 방에 있었다. 아이린은 서랍장 옆에 있었고 어머니는 침대 가장자리에서 버니를 안고 있었다. 버니는 열에 들뜬 눈으로 참새를 지켜보고 있었다. 참새는 겁에 질려 날개를 크게 퍼덕이며 방 안을 빙글빙글 돌았다. 창문은 모두 활짝 열려 있었다.

"이게 다 카를이 방충망을 떼어내서 그래." 어머니가 말했다. 하지만 로버트에게는 그런 어머니의 말이 도움이 되지 않았고 필요도 없었다. 로버트는 빗자루를 집어 들었다.

"여기서 나가세요. 두 분 다요. 이걸 휘두를 거예요!"

아이린은 참새가 자신을 스치고 지나가자 두 손으로 머리를 가렸고 로버트의 말에 깔깔대며 즉시 물러섰다. 어머니는 별로 서두르는 기색이 없었다. "가만히 누워 있으렴, 애야." 새가 방을 가로질러 날고, 급강하하고, 방향을 바꾸고, 자신의 얼굴로 달려들듯 날아드는 와중에도 어머니는 그렇게 말했다. 문이 닫혔고, 곧이어 버니가 다시 일어나 앉았다. 두 눈이 열에 들떠 번들거렸다.

"제발 새를 해치지 마, 형!"

"왜 안 되는데?"

로버트는 거칠게 빗자루를 휘둘렀다.

"형이 그래주길 내가 바라니까."

"참새 한 마리가 더 있으나 없으나……"

"그건 문제가 안 돼. 나는 형이 새를 해치지 않았으면 해!"
로버트가 빗자루를 휘둘렀지만 참새를 맞히지 못했다. 그럼
에도 참새는 하강하더니 버니의 이불 위로 돌멩이처럼 추락
했다. 로버트는 손으로 새를 움켜쥐며 아버지의 말을 떠올렸
다. 엘리자베스를 버니 방에 절대로 못 들어가게 해……

"엄마한테 이를 거야!"

버니의 뺨 위로 눈물이 흘렀다.

꽁꽁 묶어놔요. 맥그레거 의사가 말했어…… 참새는 로버
트의 손가락 사이로 빠져나가더니 갑자기 날아올라 열린 창
으로 도망쳤다.

꽁꽁 묶어놔요……

로버트가 빗자루를 가지러 간 사이에 어머니는 이미 방에
들어갔다. 그리고 버니의 침대 가장자리에 앉아버렸다.

"좀 닥쳐!" 로버트는 그렇게 말하고 허공에 대고 빗자루를
휘둘렀다.

3

목요일 아침 내내 로버트는 갈퀴로 낙엽을 모았다. 바삭거리는 낙엽 더미를 발치에 모으고, 다른 더미를 모으고 또 모았다. 잎이 다 떨어진 나무들은 여름 동안 가려졌던 원래 골격을 다시 드러내고 서 있었다. 정오까지 집 양쪽 뜰을 깨끗이 쓸고 나자 지하실에서 쓰레기를 들고 나왔다. 이제 남은 거라곤 샛길에서 낙엽과 쓰레기를 태우는 일뿐이었다. 그 일은 아무 때나 하고 싶을 때 하면 되었다.

점심식사를 마치자마자 로버트는 미식축구 헬멧과 경기복을 가지러 위층에 올라갔다. 그리고 현관문까지 다 왔을 때 어머니에게 잡혔다.

"어디 가니?"

"미식축구 하러요." 로버트는 아버지가 하라고 한 모든 일을 마쳤다. 오후는 온전히 로버트만의 것이었다. 마음대로 쓸 수 있었다. "친구들이 전부 모여서……"

"잠시 너랑 이야기 좀 하고 싶은데."

어머니는 거실로 들어가 다른 것들과 높이가 다른 블라인드 하나를 조절했다.

"이리 오렴." 어머니가 말했다.

"왜요?" 로버트가 의심스러운 말투로 물었다.

"주머니가 왜 그렇게 불룩한지 궁금하구나."

"손수건이에요."

"하나, 둘, 셋, 넷…… 이제 알겠구나. 손수건들이 네 뒷주머니에서 모임이라도 여나봐. 뒤쪽 복도에 있는 빨래 바구니에서 가져온 거겠지? 원래 거기 있어야 하는 거니까."

"꼭 지금 해야 해요? 나중에 하면 안 되나요?"

"원한다면 그러렴. 하지만 아무래도 오늘 오후에는 미식축구를 하러 가면 안 될 것 같구나."

"왜요?"

"이유는 많아. 난 네가 우리 집 담장 밖으로 안 나갔으면 좋겠어. 내 말 듣고 있니? 마을을 휘젓고 돌아다니다 보면 아무래도 너랑은 상관없는 온갖 아이들과 어울리게 될 테니까 말이야."

로버트는 멍하니 어머니를 바라보았다. 어머니는 웃고 있었지만 어머니가 한 말은 재미있지 않았고 사실 말도 안 됐다. 가족들은 벌써 이틀 밤을 버니에게 매달려 있었다. 처음에는 아이린 이모, 다음은 아버지였다. 오늘이 사흘째로 의사는 이제 버니의 열이 내리거나 아니면 더 올라갈 거라고 했다.

"마을을 휘젓고 돌아다니지 않을 거예요. 그냥 다울링네 집 건너편 공터에서 미식축구만 할 거라고요."

"이런 걸로 서로 목소리 높이지 말자꾸나, 로버트."

서로 목소리 높이지 말자고? 하지만 벌써 의견이 맞서고 있었다. 로버트의 마음은 이미 공터로 날아가 친구들의 목소리를 듣고 있었는데 말이다. 스컬리와 매슈스와 노스웨이와 베리힐의 목소리를.

"맙소사……"

"더는 이 얘기를 해봤자야, 로버트. 그냥 내 말대로 하렴."

어머니는 피곤했다. 그게 진짜 이유였다. 어머니는 피곤했지만 그 사실을 깨닫지 못했다…… 로버트는 서재로 가 앉았다. 서재에 있는 아버지 주위에 서류가 잔뜩 쌓여 있었다. 사무실에서 가져온 일거리였다. 아버지는 로버트의 존재를 어렴풋이 알아채긴 했지만 그뿐이었고, 로버트는 그 점을 다행으로 여겼다. 왜냐하면 목에 가시가 걸린 듯한 기분이 도저히 가실 것 같지 않았기 때문이다. 로버트는 손가락 끝으로 미식축구 헬멧을 이리저리 돌리면서 아무 생각도 하지 않으려 애썼다.

부분적으로는 로버트 자신의 잘못이었다. 왜냐하면 버니방에 어머니가 들어가도록 놔둔 게 자신이었기 때문이다. 그러니 벌을 받아도 마땅할 듯했다. 이틀이 지났지만 어머니는 달라진 데가 없어 보였다. 하지만 그래도 벌을 받는 게 마땅할 듯했다. 일어나 흔들의자로 올라가며 로버트는 자문했다. 유일하게 좋은 점은 그 때문에 학교가 문을 닫았다는 건가? 도대체 좋은 점이 뭐가 있지? 내가 집을 벗어나지 않으면 뭐가 좋은 건데?

아무 대답도 떠오르지 않자 로버트는 처음에는 부드럽게 의자를 흔들다가 곧 힘주어 흔들기 시작했다.

기차는 내리막길을 달리고 있었지
  한 시간에 140킬로미터를
비명 속에서
  기적이 울렸을 때(삑삑!)

       그는 손을 스로틀 위에 올려놓은 채

          부서진 잔해 속에서 발견되었지

       화상을 입어 죽었지

          증기 때문에……

   의자를 흔들며 흥겹게 노래하던 로버트가 한창 2절을 부르
는데 아버지가 귀 뒤에서 연필을 뽑으며 말했다. "집에 있을
거면 조용히 해라, 얘야. 도무지 집중할 수가 없구나."
   로버트는 미식축구 헬멧을 머리에 눌러쓰고 부엌으로 갔
다. 소피가 버니 침대 시트를 빨고 있었다. 소피는 최근 들어
늘 무뚝뚝했다. 거만한 태도로 모두에게 이래라저래라 하며
사람을 쥐고 흔들려 했다. 로버트가 빵 한 조각과 버터를 달
라는 정도의 청만 해도 소피는 어머니에게 이르겠다고 협박
하려 할 것이다.
   "왜 또?"
   "어제 석간신문."
   "식탁 밑에 있어. 다른 것까지 흩뜨려놓지 말고. 듣고 있
니?"
   사람들은 늘 말했다. "듣고 있니, 로버트? 내 말 듣고 있
어?" 마치 로버트의 귀에 무슨 문제라도 있다는 듯이 말이

다. 하지만 귀에는 아무 문제도 없었다. 로버트는 듣고 싶은 모든 것을 들었고 듣고 싶지 않은 것도 잔뜩 들었다. 신문은 맨 위에 있었다. 로버트는 신문을 조심스레 접어 허리띠 안으로 끼웠다.

"어제 석간신문은 뭐에 쓰려고?"

"알 바 아니잖아요." 로버트가 대답하고는 거칠게 문을 닫고 나갔다.

올드 존이 로버트를 따라 집 뒤쪽으로 왔다. 뒤뜰엔 지하실 계단 위로 지붕이 비스듬히 경사져 있었다. 나란히 자란 네군도단풍 두 그루 사이에서 두 팔로 양쪽의 나무를 힘껏 밀며 몸을 올리면 지붕 위로 올라갈 수 있었다. 로버트가 한쪽 무릎을 지붕에 올리자마자 올드 존이 낑낑거렸다.

"다른 곳에 가서 노는 게 나을 거야." 로버트가 씁쓸하게 말하고 다른 다리를 지붕 위로 끌어당겼다.

일단 부엌 지붕에 오르자 나머지는 쉬웠다. 여기 있으면 더는 귀 뒤에서 연필을 뽑아들거나 창문 블라인드를 올리고 내리고 하는 누군가의 말에 휘둘리지 않아도 됐다. 로버트는 모든 것을 굽어볼 수 있었다. 뒤뜰과 차고와 담장과 담장 뒤 골목, 버넘네 쓰레기 더미와 골목 맞은편에 줄지어 선 어린 단풍나무. 오른쪽으로 정원과 포도나무와 뜰이 보였다. 왼쪽으로는 차도와 큰 나무 아래 버니가 가지고 노는 모래 더미가 보였다. 로버트는 이 모든 것을 유심하게 살핀 다음 굴뚝에 등을 대고 앉아 어제 자 〈쿠리어〉를 펼쳤다. 2면에 이런 기사가 있었다. '학교…… 교육위원회와 보건과는 학교 건물과 마을 여러 장소에 공고문을 붙여 별도의 공지가 있을 때까지 학교가 문을 닫을 것이라 발표했다……' 등줄기를 타고 작게 전율이 흘렀다. 혹시 잘못 읽은 건 아닌가 싶어 확인하려고 첫 번째 문장을 두 번 읽었다…… 어머니라 해도 로버트를 영원히 집에만 잡아둘 수는 없었다. 그렇게 끔찍한 일은 일어나지 않았다. 어머니는 오늘 오후 단지 피곤해서 짜증을 부린 것뿐이었다. 그러니 미식축구와 구슬치기를 할 시간이, 막대기에 광을 낼 시간이, 차고 위쪽에서 사향쥐 덫을 내려 청소를 할 시간이, 토끼와 다람쥐를 사냥할 시간이 있을 터였다…… 하지만 공고문이 의미하는 바는 그 이상이었다. 공고문은 마을에서, 로버트 주위에서 무슨 일이 벌어지고 있음을 암시했다. 휴전 협정이 이루어졌던 날은 소방차가 다니고 경적 소리와 와자지껄한 외침이 들리고 사람들이 영구차를 타고 돌아다니며 다 같이 흥분했지만, 이번 경우는 달랐다. 이건 버니의 방에서, 아서 쿡이 사는 10번가에서, 그리고 다른 많은 곳에서 벌어지고 있음에도 볼 수도 들을 수

도 없는, 조용한 일이었다. 이해할 수는 없지만 왠지 로버트
는 가슴속 깊이 즐거웠다…… 공고문에는 다음과 같은 내용
이 담겨 있었다. '학부모님께…… 비록 전염병이 로건에는
전혀 번지지 않았으며 또한 많은 분들이 불필요한 조치라
여기실 수도 있겠으나 보건과 및 의료 당국과 상의한 결과,
당 학교 교육위원회는 적어도 이번 주 동안은 휴교하기로
결정했습니다. 이 지역에서 새로운 환자가 발생하여 전염병
이 심각하게 번지는 사태를 막고자 하는 마음에서입니다. 일
리노이 공중보건위원회는 이러한 조치를 강력히 권고함과
동시에 다음과 같은 주의령을 내렸습니다. 이유 여하를 막론
하고 사람이 많이 모이는 곳을 피하고 꼭 필요한 경우가 아
니라면 기차 여행을 삼가며……' 로버트는 눈을 감았다. 또
다시 함성이 들리는 것만 같았다. "첫 번째 다운…… 4미터
…… 더 가면 돼……" 매슈스와 베리힐의 외침이었다. 그래
서 로버트는 어차피 버니는 지금 앓아누워 있으니 그때 마
차에 깔려 무릎 위로 다리를 잘린 것도 버니였다면 좋았을
텐데 하고 생각했다(딱 이날 오후만 그런 바람을 품었다).

하지만 로버트가 들은 건 얼간이 제이크가 늙고 하얀 말과
수레를 몰고 골목길을 따라오는 소리였다. 오래전, 로버트가
태어나기도 전에 제이크는 강도를 만나 돈과 시계를 빼앗기

고 머리를 맞았다. 그 사고 이후 제이크는 머리가 맑지 않았으며, 골목길을 다니며 양철 깡통을 모았다. 그리고 시도 때도 없이 돌아다녔다. 어머니는 가끔 한밤중에 안 자고 누워 있을 때 제이크의 소리를 듣기도 한다고 했다.

"안녕, 제이크!"

지붕 위에 올라와 있으면 이런 게 좋았다. 로버트는 얼간이 제이크를 볼 수 있었지만 제이크는 로버트를 볼 수 없다. 투명인간이 된 것 같았다. 제이크는 목소리가 들려오는 곳을 찾아 두리번거리며 모리슨네 쓰레기통을 수레에 비웠다. 그러고는 고개를 든 채 멍한 얼굴로 숨을 헉헉 내쉬며 수레를 끌고 갔다.

지붕은 아직도 올라갈 곳이 남아 있었다. 위쪽에 선반 모양으로 튀어나온 곳이었다. 그곳에 도달하기 위해 로버트는 빗물 홈통, 창틀, 방충망을 고정한 쇠고리까지 이용해야 했다. 꼭대기에 도착하자 숨이 찼고, 자신이 이룬 업적 때문에 살짝 어지러웠다. 높이가 엄청난 탓에 속이 다 울렁거렸다. 원하면 바깥쪽으로 손을 뻗어 네군도단풍 가지까지 만질 수 있었다. 하지만 그러다 자칫 곤두박질치기라도 하면 온몸의 뼈가 부러질 수도 있었다. 그러면 모두가 집 밖으로 달려 나올 터였다. 어머니…… 어머니는 태도를 바꿔 로버트를 돌보려 하시겠지. 하지만 아무것도 할 수 없으리라. 너무 늦었기 때문이다…… 가끔 로버트는 차고 지붕에서 떨어졌고, 가끔은 셔토쿼 모임 장소의 국기봉 꼭대기에서 떨어졌다. 하지만 어느 때든 사람들이 달려와 로버트를 돌봤다.

두시가 되자 맥그레거 의사의 자동차가 모리슨네 집 앞에 섰다. 백일몽에 빠져 허우적거리던 로버트는 처음엔 맥그레거 선생님이 자신을 보러 온 게 분명하다고 생각했다. 그러다 기억이 났다. 아픈 사람은 버니였다. 그리고 의사 선생님은 오늘 두 번째로 집에 오는 것이었다.

감히 소리쳐서 의사 선생님을 불러볼 수도 있었다. 하지만 로버트는 이렇게 높은 지붕 꼭대기까지 올라오면 안 되었는데, 집 안에 있는 사람들이 로버트의 목소리를 들을 수도 있었다. 그러면 곤란하지. 로버트가 혼잣말을 했다. 집 안에 긴장감이 감돌면 그 원인은 늘 버니였다. 로버트 때문에 의사를 부른 적은 한 번도 없었다. 마차에 깔렸던 일 이후로는 한 번도 없었다.

아버지가 신문에서 뼈를 자라게 하는 전문의에 대한 기사를 본다면 멋질 것이다. 물론 불가능하다. 한번 잘린 뼈를 다시 자라게 하는 방법 따위는 없기 때문이다. 하지만 그냥 상상만이라도 해보자…… 가족들은 로버트를 시카고로 데려가 그 전문의에게 보일 것이다. 그러면 전문의는 로버트를 아주 유심히 진찰한 뒤 아버지와 어머니에게 로버트를 다시 집으로 데려가 커튼을 친 어두운 방에 누이라고 말하리라. 하지만 그러기 전에 다 함께 링컨 파크의 동물원을 구경 가면 좋을 것이다.

집에 돌아오고 일주일 뒤 로버트는 다리에 탄성 석고로 만든 특별한 깁스를 할 것이다. 물론 옆에 간호사가 한 명 붙을 것이다. 그리고 로버트가 원하지 않는 한 그 누구도 로버트 방에 들어올 수 없다. 하지만 며칠이 지나도 로버트가 누굴 불러달라고 할 일은 없을 듯하다. 그냥 그렇게 누워 한 시간 반마다 시험관에 든 진한 녹색, 아니 진한 보라색 약을 복용하리라.

간호사의 이름은 워커일 것이다.

일주일째 되는 날 전문의가 왕진을 와 깁스 길이를 재어 보리라. 깁스는 아마도 1센티미터 정도 늘어났을 것이다. 울음을 터뜨린 어머니를 사람들이 방 밖으로 데려가리라. 아니, 그 장면에는 어머니가 아니라 아이린 이모를 넣는 편이 나을 수도 있겠다. 어머니는 쉽사리 흥분하지 않는 분이니까. 그리고 전문의는 가족에게 로버트가 반듯하게 누워 있어야 하며 그 자세를 지키는 것이 제일 중요하다고 말하리

라. 로버트는 등을 대고 반듯하게 누워 워커 양 말고는 아무와도 말하지 않을 것이다(워커 양은 태도가 뻣뻣하지만 마르진 않았다. 마차 사고가 났을 때 로버트를 돌봐주었던 간호사와 비슷하다). 워커 양은 미식축구에 흥미가 있기에 두 사람은 주로 미식축구 이야기를 한다…… 로버트가 이런 상상에 푹 빠져 꼼짝도 않고 있자 부엌 굴뚝 위에 있던 참새들이 다시 싸움을 한다…… 로버트의 잘린 다리 밑동이 아파오기 시작하자 가족은 전문의에게 장거리 전화를 건다. 전문의가 와 깁스 길이를 재고 나서 밑동이 아픈 증상은 정상이며 아무 문제가 없다고 말하리라. 무릎이 생기고 있으니 아픈 게 당연하다고, 한 달이면 새 무릎이 생길 거라고 할 것이다.

새로운 약은 붉은색이며 대구 간유처럼 진하고 첫 숟갈부터 구역질이 난다. 그래서 어쩔 수 없이 한동안은 오렌지 주스와 함께 먹는다. 하지만 곧 로버트는 코를 쥐고 꿀꺽 삼켜버리는 법을 배우고, 워커 양은 "그래, 잘하네"라고 칭찬해준다.

새 뼈 주위에 살이 돋아나며 깁스가 점점 굵어진다. 그리고 느리긴 해도 뼈가 자라난다. 인내심을 가져야 하고 다리에 대해선 잊어야 한다. 조금 있으면 밑동이 다시 아파올 테니 말이다. 발까지 자라나자 전문의는 지금이 제일 아플 때라고 말한다.

모든 게 계획대로 잘 풀린다.

깁스를 풀어야 할 때가 되자 가족은 로버트를 병원으로 데려간다. 병원에는 맥그레거 의사가, 아니 그건 아니지, 마스크를 쓴 의사 몇 명이 있으리라. 맥그레거 의사는 로버트에게 마취 주사를 놓는다. 로버트의 마지막 기억은 어서 일을 끝낼 수 있게 숨을 깊이 들이마시라는 맥그레거 의사의 말이 될 것이다…… 이 대목이랑 저 대목은 좀 더 다듬어야겠어. 로버트가 생각했다. 마취에서 깨어나 손으로 이불 위를 더듬어보는 마지막 장면은 특히 더. 하지만 전체적으로는 이 정도면 됐다. 최소한 짬을 내 다시 생각해볼 때까지는.

늦은 오후가 되었기 때문이다. 어느덧 하늘은 이미 제 색을 잃고 어둑해져 있었다. 손을 대보니 양철 지붕의 열기도 사라졌다. 세상과 한참 동안 단절되었던 탐험가처럼, 로버트는 가장자리로 다가가 아래를 내려다보았다. 아이린이 정원에 홀로 있었다.

이건 신호야. 로버트가 혼잣말을 했다. 지금 아이린 이모가 이렇게 밖에 나와 있다는 건 뭔가 일어났다는 얘긴데. 아마도 버니의 열이 내린 걸 테지. 아니면 맥그레거 의사 선생님 말처럼 열이 더 올라갔거나. 어느 쪽인지 궁금한 마음에 로버트는 지붕을 거의 미끄러져 내려왔다. 로버트가 네군도단풍 근처까지 왔을 때 아이린이 몸을 돌리더니 부엌문으로 가기 시작했다. 로버트를 못 본 듯했다. 아이린은 안으로 들어가려 했다. 로버트가 입을 열어 부르려는 찰나 다른 누군가가 먼저 아이린의 이름을 불렀다. 로버트가 오랫동안 듣지 못했던 목소리였다.

"아이린……"

정원 뒷문이 활짝 열리더니 보이드 힐러가 안으로 들어왔다. 보이드가 네군도단풍을 아주 가까이 스쳐 지나간 탓에 로버트는 보이드의 관자놀이에 난 회색 털과 불행한 회색 눈동자를 볼 수 있었다.

"아이린, 몇 시간이나 당신을 기다렸어. 도저히 발이 떨어지질 않더라고. 당신을 보지 않고는 말이야!"

로버트는 그 장면을 보았고 모든 것을 이해했다. 심지어 자기 안에서 솟구치는 묘한 긴장감마저 이해할 수 있었다. 그건 질투심이었다. 눈에서 눈물이 솟아올랐다. 아이린은 보이드 힐러를 만나러 정원으로 나온 것이고, 보이드 힐러는 자신에게 돌아오라고 아이린에게 청할 터였다. 만약 아이린이 그렇게 하면, 로버트는 다시는 아이린을 만나고 싶지 않을 것이다. 절대로, 다시는 안 볼 거야. 나무 사이를 벗어나 집 모퉁이를 돌며 로버트는 그렇게 다짐했다. 자신이 살아 있는 한 다시는 안 본다고.

4

저녁식사를 마친 뒤 로버트는 혼자 서재에 남았다. 아버지와 어머니는 즉시 위층으로 올라갔지만 로버트는 아이린과 마주칠까봐 함께 올라가지 않았다. 숙제가 없었기에 책장 맨 위칸을 더듬어 《스코틀랜드의 대장》을 꺼냈다. 원래는 외할아버지 소유였던 낡은 판본이었다. 종이 가장자리는 누렇게 바랬고 활자는 작았다. 하지만 그 책은 로버트가 좋아하는 방식으로 시작되었다. 두 번째 페이지에서 로버트는 흠뻑 빠져들었다. 이제 현실과 로버트를 이어주는 끈은 램프 전선 하나가 전부였다. 로버트는 책에 집중했고 조용히 책 속 세상을 마음속에 그려나갔다.

여덟시에 아래층으로 내려온 어머니가 문가에 잠시 서서

로버트를 바라보았다. 로버트는 어머니가 온 줄도 몰랐다. 맥그레거 의사가 오늘 벌써 세 번째로 온 사실도 알지 못했다. 로버트는 래너크 지역의 다리를 건너며 떠오르는 달을 보았다. 그는 스코틀랜드에서 가장 훌륭한 인물로서, 배신자 베일리얼이 더글러스 경에게 주고 더글러스 경이 다시 몬티스에게 준 강철 상자를 관리하게 되었다. 그리고 8킬로미터는 더 가야 엘러슬리 협곡에 도착할 수 있었다.

열시에 아이린이 와서 책을 빼앗았다. 로버트는 몹시 놀랐다. 다른 세계에 너무 푹 빠진 나머지 자기가 아이린을 피해 다니고 있다는 사실마저 깜박했다.

"이제 자러 갈 시간이야."

"누가 그래요?"

"고귀하신 네 구닥다리 아버지가."

로버트는 의자에서 몸을 일으켰다. 만약 어머니의 명이었다면 지금 읽는 부분을 마저 읽고 어쩌면 다음 장까지도 읽을 수 있었다. 하지만 아버지는 달랐다.

책 속 사람들과 말[馬]들이 불러일으킨 흥분을 간직한 채 로버트는 계단을 올라가 재봉실로 들어갔고 옷을 벗고 침대에 누웠다. 로버트는 집이 무척이나 조용하며 또한 모두가 마음 졸이며 좋은 소식을 기다린다는 사실을 처음으로 알아차렸다. 어렸을 때 로버트는 어둠을 무서워했다. 문 뒤에서 정체불명의 괴물이 튀어나와 자신에게 달려들 거라는 상상을 하곤 했다. 어떤 때는 긴장과 기대를 품은 집 그 자체에 겁을 먹기도 했다. 그러나 이제 더는 두려워하지 않았다.

여러 목소리가 들렸다. 아이린과 맥그레거 의사의 목소리, 아이린의 구두 뒷굽이 계단에 부딪치는 소리가 들렸다. 로버트는 아이린이 다시 오길 기다리다가 잠이 들었다.

잠에서 깼을 때 밖은 여전히 어두웠다. 지금이 얼마나 늦은 시간인지 또는 얼마나 이른 시간인지 로버트는 알 재간이 없었다. 로버트는 비몽사몽 중에 일어나 화장실에 갔다. 그리고 깡충거리며 복도로 나오다가 한 폭의 그림 같은 장면을 보았다. 그 후로 오랫동안 기억에 남은 장면이었다. 사방에서, 모든 방에서 조명이 환히 빛났다. 계단이 시작되는 곳에서 아이린과 어머니가 로버트 쪽으로 등을 돌리고 서 있었다. 둘 다 움직이지 않았기에 로버트 역시 움직일 수 없었다. 그러고 있을 때 버니가 아주 침착하게 침대에서 일어나 앉더니 물었다. "지금 몇 시예요?"

복도 건너편 침실에서 맥그레거 의사가 나오더니 즉시 버니 방으로 갔다. 버니 방에서 다시 나왔을 때 의사는 얼굴에서 긴장을 풀고 웃음을 머금고 있었다.

"엘리자베스." 의사가 말했다. "천사 같은 아드님이 이제 낫고 있군요."

5

　로버트 눈에 그 뒤로 며칠간은 파티나 마찬가지였다. 온실에서 꺾은 꽃이 집 안 곳곳에 꽂히고 날마다 오후에는 손님이 찾아왔다. 그 때문에 소피는 찻주전자를 들고 왔다 갔다 하느라 바빴다.

　어머니의 친구는 모두 다 왔다. 아멜리아 '이모', 모드 '이모', 벨 '이모'. 그 친구들은 종종 여섯시 종이 울릴 때까지 머무르곤 했다. 전에 언제 또 이렇게 여자들이 서재 가득 모여 차를 마시며 옷의 목선에 대해 얘기했었는지 로버트는 기억도 나지 않았다. 어머니가 이렇게 본연의 모습으로 행복해하는 것도 처음 보는 듯했다.

　"아기를 가진 게." 로버트와 둘만 있을 때 어머니가 말했다. "봄 대청소보다 나쁠 게 없어. 아니, 아기 쪽이 낫지. 커튼을 뗄 필요가 없으니까."

로버트는 뜰 밖으로 나가면 안 되었고 아이리시는 그곳으로 와 놀 수 없었다. 하지만 이런저런 방식으로(늦은 시간까지 잠자러 가지 않아도 놔둔다거나, 가장 좋아하는 디저트를 먹게 해준다거나, 고등학교 미식축구 팀 이야기를 들어준다거나 하는 식으로) 어머니가 보상을 해주었기에 얼마 뒤 로버트는 별로 개의치 않게 되었다.

사실 어머니는 모두에게 보상을 해주고 싶어 하는 듯했다. 신문 배달 소년에게는 6주치를 선불로 냈고, 토요일마다 보스턴 브라운 브레드와 냄비 집게(냄비 집게라면 이불장에 이미 한가득 들어 있었다)를 들고 오는 노처녀 앳킨스 양에겐 집에서 점심을 먹고 가라며 붙들었다. 그리고 앳킨스 양을 위해 가장 아끼는 파란 자기 그릇을 꺼냈다.

소피만이 눈이 빨갛고 시무룩했다. 로버트와 어머니는 카를 때문일 거라고 의견을 모았다. 카를이 독일로 돌아가기 때문이었다.

"왜 소피는 카를과 함께 독일로 가지 않죠?" 로버트가 물었다. "이해가 안 가요."

"아마 그러겠지." 어머니가 대답했다. "카를이 같이 가자고 청한다면 말이야."

"왜 꼭 카를이 청해야 하는데요?"

"보는 눈들이 있잖니."

"소피가 먼저 말하면 안 되나요?"

"그럴 수는 있겠지만 그러지 않을 거야."

"그러면 그냥 소피 혼자 알아서 따라가면 안 되나요?"

"내가 걱정하는 게 바로 그거야. 네 생각이 뭐든 간에 넌 절대로 그 생각을 소피가 하게 하면 안 돼. 소피만큼 파이 겉껍질을 잘 만들게 다른 사람을 가르치려면 몇 년이 걸릴 거야."

"알았어요." 로버트가 우울하게 말했다. "안 그럴게요."

"아기를 낳으러 떠날 준비는 이제 다 됐어. 기차표만 빼고 모두. 그리고 내가 별말 하지 않아도 네 아버지가 곧 표를 준비하실 거라고 생각해. 너도 알다시피 네 아버지는 모든 걸 미리 준비하잖니…… 내가 해야 할 일은 아기가 여자애인지 확인해두는 거야. 사실 난 상관없어. 난 가위와 달팽이와 강아지 꼬리를 좋아하니까.* 하지만 네 아버지는 정말로 딸을 원해. 혹시라도 아들이라고 밝혀지면 아주 난리가 날걸. 누

———————

* 〈남자아이는 무엇으로 만들어지나?〉라는 자장가 가사에서 인용한 말.

가 알겠어…… 밤에는 아이린 이모가 너와 버니랑 같이 지낼 테니까 너희만 있는 일은 없을 거야…… 그리고 무슨 일 있으면 맥그레거 의사 선생님한테 전화하렴. 하지만 정말 중요한 일이 아니면 그분을 귀찮게 하면 안 돼. 예를 들어 집에 불이 났다거나 위층에서 소피가 내 모자를 써본다거나 하는 일이 아니면 말이야. 알겠니? 이젠 너도 책임을 질 줄 아는 나이야, 로버트. 네 아버지가 늘 말씀하시던 대로 말이야. 말이 나왔으니 하는 소린데 속옷 좀 자주 갈아입어주면 좋겠구나. 지하실에 불 켜놓고 다니지도 말고…… 또 우리가 없는 동안 버니를 잘 돌봐줬으면 좋겠어. 같은 시간에 자는 한이 있더라도 버니 좀 일찍 재워주렴. 큰 병을 앓았잖니…… 또 버니가 고기와 감자만 먹게 두지 말고 제대로 챙겨 먹는지도 확인하렴…… 일주일에 한 번씩 우리한테 편지 쓰고. 아침저녁으로 양치하고, 꼭 필요한 일이 아니면 아이린을 귀찮게 하지 말고…… 또, 생각해봤는데 여자아이 이름으로 재닛 어떠니, 재닛 모리슨. 괜찮은 이름 같니?"

어머니와 함께 있으면 로버트는 강요당한다거나 거북한 느낌이 거의 없었다. 어머니는 떠오르는 건 뭐든 말하는 것이 편하고 자연스러워 보였다. 하던 일을 멈추지도 않았다. 대부분 그랬다. 덕분에 로버트는 편한 마음으로 온갖 일을 어머니에게 말할 수 있었다. 무슨 이야기를 해도 어머니는 계속 시트와 베갯잇을 정돈할 거였기 때문이다.

하지만 아버지는 달랐다. 로버트는 아버지를 좋아했고, 좋아하는 분야도 낡은 옷, 야구 이야기, 낚시, 총, 자동차, 수리하기 따위로 아버지와 아주 비슷했다. 가족이 다 함께 시골에 가도 아버지와 로버트는 같은 것에 눈길을 돌렸다. 어머니는 나무와 석양을 좋아했지만 로버트와 아버지는 쟁기질하는 말, 과수원, 멋진 헛간을 좋아했다. 심지어 좋아하는 음식도 같았고 모든 음식에 소금을 치는 것까지 똑같았다. 하지만 아버지에게 다가가 뭔가 얘기를 하면 나중에 꼭 후회가 되었다. 로버트가 원했던 방식으로 이야기가 진행된 적은 한 번도 없었다.

아버지는 늘 당혹스러운 반응을 보였다. "얘기해줘서 고맙구나, 아들아. 하지만 이제 최대한 빨리 그 일을 잊으렴. 그게 최선이야. 나중에 훌륭하고 자존감 높은 어른이 되고 싶으면 그런 쓸데없는 이야기에 시간을 뺏겨선 안 돼……" 또는 뜬금없이 이런 말을 했다. "기억해라. 네가 어떤 곤경에 부딪치든 괜찮아. 아버지가 늘 여기 있을 테니까……" 로버트가 아주 잘 아는 사실이었다. 굳이 말로 할 필요가 없었다.

또는 로버트가 궁금해하지 않는 일을 말해주기도 했다. 이를테면 거실에 둘만 있을 때 아버지는 이런 말을 건넨 적이 있었다. "왜 어머니가 아기를 낳으러 디케이터까지 가는지 궁금해할 거 같구나. 왜 집에서 아기를 낳지 않는지 말이야. 물론 이유가 있단다. 아주 중요한 이유지."

로버트는 아버지가 그 사정을 얘기해주지 않는 것을 이미 당연하게 받아들이고 있었다…… 어머니가 왜 디케이터로 가는지 궁금하지도 않았다. 어머니와 아버지는 대개 자신들이 하는 일의 이유를 로버트에게 설명해주지 않았기에 그런 일들에 대한 궁금증이 사라진 지 오래였던 것이다.

"네가 태어났을 때 네 어머니는 꽤 힘든 시간을 보냈어. 며칠 정도는 회복되지 못할 것처럼 보였지. 버니가 태어났을 때도 마찬가지였고. 그런데 디케이터의 아주 훌륭한 전문의가 출산과 관련된 새로운 방법을 고안해냈다는구나. 그 방법이 어떤 건지 네게 설명해줄 수도 있지만, 요지는 말이다. 맥그레거 의사 선생님은 어머니를 그곳으로 보내야 한다고 생각한다는 거야. 비용이 아주 많이 들더라도 말이야."

"네, 알겠어요."

로버트가 일어나자 아버지가 석간신문을 옆에 놓고 같이 일어났다.

"꽤 심각한 일이기 때문이야." 아버지가 말하고는 다소 어색한 자세로 로버트의 어깨에 팔을 둘렀다.

아무 이유 없이 둘은 함께 천천히 거실 한쪽 끝에서 다른 쪽 끝까지 걸었다. 얼마 뒤 로버트는 다리가 피곤해졌다. 물론 로버트가 말하기만 하면 아버지는 걸음을 멈출 터였다. 하지만 그건 포기를 뜻했다. 자신에게 문제가 있다는 사실을 인정하는 것이었다.

어머니와 있을 때는 자신에게 문제가 있다고 느낄 일이 없었다. 만약 낚시를 가서 철조망 밑을 기어가야 하면 아버지는 가끔씩 뒤를 돌아보았다. 또는 어깨 너머로 소리쳤다. 할 수 있겠니? 하지만 어머니는 그냥 갔다. 그 점에서 어머니는 아이리시와 비슷했다.

운동도 마찬가지였다. 어머니는 로버트가 수영과 다이빙을 당연히 배울 수 있으리라 여겼고, 실제로 로버트는 배워냈다. 남들이 하는 건 다 할 수 있었다. 어머니가 유일하게 로버트를 칭찬한 건 보이스카우트 캠프의 테니스 단식 경기에서 이겼을 때였다. 보이스카우트 지도자는 놀라워하며 정말 굉장하다고 말했다. 그 말은 로버트한테 다리가 하나밖에 없는 약점이 있다는 뜻이었다. 그 소식은 결국 신문에까지 실렸고 어머니는 엽서를 보냈다. '아주 잘했구나. 오늘 아침에 깨끗한 속옷을 보냈다. 잘 챙겨 먹고 있니?'

로버트는 그 엽서를 아직도 간직했다. 2등급 스카우트 배지, 화살촉과 함께 상자에 고이 넣어두었다.

"이제 모든 게 달라질 거야." 아버지가 말했다. "앞으로는 네 앞가림을 더 잘해야 할 거야. 집에 아기가 생기면 다른 사람들이 네 물건을 챙기고 옷을 정돈해줄 수 없으니."

두 사람은 엄숙한 분위기에서 복도로 나갔다. 그리고 서재로 들어갔다. 그렇게 말이 없는 동안, 로버트는 자기가 아버지 마음속 생각을 안다고 생각했다. 서로를 이해한다고 생각했다. 하지만 다음 순간 아버지는 고개를 돌려 "늦든 빠르든 누구나 겪는 일이야. 늘 마음의 준비를 하고 있어야 해"라고 말했고 로버트는 큰 충격을 받았다. 로버트가 급작스럽게 아버지 쪽으로 돌아보는 바람에 둘은 호두나무 소파로 거의 돌진했다. 물론 마지막 순간에 방향을 바꿨지만 하마터면 소파에 부딪힐 뻔했다.

"네 어머니는 훌륭한 여자야." 아버지가 말했다.

6

앓고 난 뒤 버니는 아주 창백했고 쉽사리 피곤해했다. 아래층으로 내려가도 좋다고 처음으로 허락을 받은 건 그 자체로 큰 사건이었다. 로버트는 병정을 꺼내 상자에 담아 버니 무릎에 올려주었다.

상자가 어찌나 큰지 버니는 상자를 붙들고 있는 것조차 버거워했다. 그래서 로버트는 버니가 원하면 병정을 꺼내주려고 옆에 서서 기다렸다. 하지만 버니는 잠시 동안만 그 병정들(은색 가슴받이를 하고 은색 깃털을 꽂은 창기병, 카우보이, 곰가죽 모자를 쓰고 등에 비스듬히 장총을 매고 백마를 탄 카자크 군인)을 바라보더니 로버트에게 뚜껑을 닫아도 된다고 신호를 보냈다. 버니는 두 손을 살짝 떨었지만 피곤

한 눈에는 만족감이 배어 있었다.

"멋지네." 버니가 말했다. "고마워, 형. 정말 고마워." 그러더니 "나중에 형이랑 같이 갖고 놀아도 돼?"라고 물었다.

로버트는 대답하지 않았다.

"형이 반, 내가 반. 그래서 전투를 하는 거야, 어때?"

로버트는 병정을 선반 위의 원래 자리에 도로 갖다놓았다. 그간 아팠으니 버니에게 잘해주고 싶기는 했다. 하지만 그렇다고 자기 걸 희생하고 싶지까지는 않았다.

로버트가 말했다. "생각해볼게." 그러고는 거실로 가 악기 연습을 했다. 돌림병이 돈다는 게 악기 연습을 그만둬야 할 이유는 안 된다고 어머니가 말했기 때문이다.

한동안(아마도 십오 분 정도) 로버트는 성실하게 연습을 했다. 그런 뒤엔 걸핏하면 현관으로 나가 시계를 봤고, 현관에서 돌아올 때마다 피아노 의자가 자기한테 너무 높거나 낮은 게 아닌가 살피며 어영부영 시간을 보냈다. 아직도 연습 시간이 삼십 분 정도 남았을 때 로버트는 〈목동의 기도〉에서 다른 곡으로 바꿔 연주하기 시작했다.

가서 말해

아니, 음이 틀렸다……

가서 말해

로디 이모한테

이모의 거위가 죽었다고……

"플랫이야, 로버트…… 비 플랫!" 어머니가 어디선가, 식기실에서 외쳤다. 어머니는 또 먹고 있었다…… 이게 문제였다. 가만히 좀 내버려두면 혼자서도 잘할 수 있었고, 어쩌면 피아노도 아주 잘 치게 되어 나중에는 모두가 로버트의 연주를 듣기 위해 돈을 내고 연주회에 오려고 할지도 몰랐다. 하지만 도대체 알아서 할 기회가 없었다. 음을 잘못 칠 때마다 어머니가 곧바로 지적을 하는 바람에 늘 처음부터 다시쳐야 했다. 이 지긋지긋한 간섭은 몇 시간이 흐르고 주가 바뀌고 해가 지나도 그칠 기미가 안 보이네(로버트는 그렇게 혼잣말을 했다).

로버트가 다시 시간을 확인하러 갔을 때 아이린이 커다란 거울 앞에 서 있었다. 모자에 기다란 모자핀을 꽂고 있었기에 로버트는 아이린이 등을 돌리고 있을 때 슬그머니 지나가려 했다. 그럼에도 아이린은 거울로 로버트를 보고는 불러

세웠다. 그리고 이번에는 키스를 받는 정도의 문제가 아니었다.

"날 찾아온 사람을 어떻게 생각하니?" 아이린이 물었다.

그 순간 머릿속이 텅 비어버리는 바람에 로버트는 층계 맨 아래쪽 단에 앉아버렸다. 아이린은 모자가 제대로 되었다 싶자 로버트 옆으로 와 앉았다.

"아무 생각 없는데요." 로버트가 말했다.

"과연 잘도 그렇겠어."

아이린은 로버트의 손을 끌어가더니 까진 손마디를 자기 손으로 감쌌다. 로버트는 자기 바지 무릎을, 완전히 해지기 직전인 곳을 바라보았다. 문제는 로버트가 아이린을 찾아온 사람에 대해 솔직하게 말할 수 없다는 것이었다. 게다가 말한다고 소용 있는 것도 아니었다. 만약 보이드 힐러와 다시 살 생각이라면 로버트가 뭐라 하든 아이린은 그렇게 할 터였다.

오래전 로버트가 다치기 전에, 거의 기억도 안 날 정도로 오래전에 성공회 교회에서 결혼식이 열렸고 굉장히 많은 하객이 왔다. 어두워진 다음이었고, 아이린 이모와 외할아버지는 택시를 타고 그곳에 갔다. 로버트가 반지를 쿠션에 올린 채 들고 가다가 떨어뜨릴까봐 겁이 난 아이린은 반지를 손에 꽉 쥐고 있으라고 했다. 로버트는 거기까지 기억했다. 그리고 모든 사람들을 지나 복도를 걸어갔다.

하지만 그 뒤에도 더 있었다. 가족들한테 귀에 딱지가 앉도록 들은 탓에 나중엔 자기 기억처럼 여길 정도가 된 이야기였다. 반지를 건넬 때가 되었는데도 로버트는 반지를 내놓으려 하지 않았다. 보이드는 반지를 받으려 애썼지만 로버트는 "싫어, 이건 이니의 반지야!"라고 외쳤다. 교회에 있던 모든 사람에게 다 들릴 정도로 큰 목소리였다.

"진심으로 말하는 건데, 로버트……"

사람들 말로는 아이린이 몸을 돌려 로버트에게서 반지를 빼앗아야만 했다고 했다. 하지만 로버트는 그 대목을 기억하지 못했다.

"……진심으로 말하는 건데, 나는 보이드가 올 줄 몰랐어. 물론 그이가 마을에 있다는 건 알았지. 아그네스를 친할머니한테 보낼 때 그이랑 마주쳐서 잠시 이야기를 나누기는 했어. 그게 다야."

로버트는 어른에게 비밀을 듣는 게 영 낯설었다. 처음에는 아버지, 그리고 이제는 아이린 이모…… 로버트는 당황한 나머지 표정이 굳었다.

"너도 알다시피 나는 하루 종일 버니랑 집에 있었어. 그러다 네 아버지가 나보고 쉬라기에, 그래서 어깨에 숄을 두르고 잠시 바람을 쐬러 나갔던 거야…… 그리고 상대가 누군지 알았을 때, 로버트, 나는 너와 마찬가지로 행동했어. 달아났지."

일주일 동안의 근심, 일주일 동안의 비참함이 단숨에 날아갔다. 그래서 로버트는 마음이 아주 가벼워진 동시에 불안해졌다. 로버트의 사고가 보이드 힐러 때문이라서가 아니었다. 정말로 그 사람 탓이 아니었다. 보이드는 로버트가 마차 뒤로 뛰어오르는 걸 몰랐다. 로버트가 거기 있었다는 사실도 로버트의 발이 바퀴에 끼고서야 알았다. 알아차렸을 때는 너무 늦은 뒤였다…… 로버트는 보이드를 볼 때마다 그때 일이 떠올랐다. 생각하지 않으려 해도 어쩔 수 없이 생각이 났다. 하지만 지금은 다른 일로 마음이 괴로웠다. 아이린 때문이었다.

"원래 나이가 들수록 겁이 많아지는 거야, 로버트."

로버트는 자리에서 일어나 두 손을 호주머니에 넣었다. 어쨌든 한 가지는 다행이었다. 더는 아이린을 피할 필요가 없었다.

"사향쥐 덫을 보여줄까요?"

"지금은 말고. 곧 택시가 올 거거든."

로버트는 시계를 힐긋 보았다. 두 사람은 벌써 육 분째 이야기 중이었다.

"그러면 다음에 보실래요?"

아이린은 오른쪽 장갑의 단추를 채웠다. 그리고 왼쪽에도 엄지손가락을 제외한 네 손가락에 장갑을 꼈다. "다음에." 아이린은 그렇게 말하고 로버트의 입술에 쪽 소리가 나도록 세게 키스했다.

7

로버트는 밝고 추운 방에서 잠이 깼다. 창턱과 그 아래 바닥에 눈이 쌓여 있었다. 밖을 내다보니 인도가 사라졌고 지붕에는 3센티미터 정도 눈이 쌓여 있었다. 하늘도 아니고 하얀 땅도 아닌, 하늘과 땅 사이 어딘가에서 비쳐오는 아침 햇살 속에 단풍나무들이 아주 또렷하게 보였다.

로버트가 변화에 적응하려 애쓰는 사이 어머니가 들어왔다.

"그렇게까지 망가질 줄은 상상도 못 했구나." 창문을 닫으며 어머니가 말했다.

"무슨 말이에요?"

"소피가……"

지금까지 천 번은 봐온 모습이었지만 로버트는 오늘도 침대에 앉아 어머니가 라디에이터 켜는 모습을 지켜보았다.

"소피가 그만 정신이 나가서 자기 이를 몽땅 다 뽑았지 뭐야. 이를 전부 다. 세상에! 오늘 아침에 일을 하러 왔는데 어찌나 꼴이 처참하고 보고 있기가 힘든지 그냥 집에 가라고 했어……"

라디에이터가 틱틱 소리를 내기 시작했다. 로버트는 어머니가 하는 말을 아주 간간이 한두 단어씩만 알아들었다. 어머니가 나가자 로버트는 얼굴을 씻고 천천히 옷을 입었다. 아주 오래 셔츠 단추를 만지작거리는 동안 마음은 최면에 걸린 듯 정지 상태에 머물러 있었다. 하지만 그 사이사이 정신이 들 때마다 로버트는 치아를, 자신이 일곱 살 때 어쩌다가 치아를 삼킨 일을 생각했다. 그리고 할머니가 밤이 되면 유리잔에 물을 담아 틀니를 담가놓던 일을 생각했다. 또한 소피를, 그리고 이제 치아가 없는 소피는 어떤 모습일까를 상상했다.

마침내 로버트는 베이컨 굽는 소리에 완전히 정신을 차렸고, 뒤쪽 통로를 통해 계단을 내려가 부엌에서 어머니를 발견했다.

"그래서." 로버트가 말했다. "그 때문에 소피가 기분이 그렇게 안 좋았던 거예요?"

"글쎄다."

어머니는 커피주전자를 올려놓은 가스 불을 낮췄다.

"안 물어봤어. 상태가 안 좋아 보였어. 상태가 좋았다면 자
몽칼을 어디에 뒀는지 물어봤을 거야. 여기저기 다 찾아봤는
데 없었거든……"

아침식사를 마치고 위층으로 올라간 로버트는 언젠가는
자기 것이 될 뒷방을 둘러보았다.

어머니와 함께 이 방에 와 어떻게 꾸밀지까지 논의했었지
만 아직 아무것도 바뀌지 않았다. 어머니는 바닥에 러그 대
신 매트를 깔자고 제안했다. 새를 그린 그림도 걸자고 했다.
위로 여닫는 구식 선원용 사물함을 구할 수 있다면 그것도
놓자고 했다. 로버트는 선원들의 간이침대처럼 벽 높은 곳에
좁은 침대를 달고 그 밑에 기다란 서랍장을 설치해 물건을
넣으면 멋지겠다고 생각했다. 게시판을 하나 설치해 온갖 게
시물과 마음에 드는 엽서도 꽂아둘 계획이었다. 그리고 문에
는 맹꽁이자물쇠를 달기로 어머니와 합의를 보았다.

아기가 태어날 날이 다가와 모든 게 어수선한 터라 로버트
는 자기 방에까지 신경을 써달라고 할 수가 없었다. 어쨌든
한동안은 그럴 터였다. 방을 떠나려 몸을 돌리던 로버트는
자, 석재, 갈색 종이, 연필, 나무 실패 따위의 물건으로 만든

직사각형 벽과 건물이 있음을 알아차렸다. 뭘 만든 건진 몰라도 버니가 만든 게 분명했다. 여기 올 사람은 버니밖에 없었다. 가장 큰 건물 두 개의 옆면에 고정된 마분지가 위로 굽어진 광경을 보자 로버트의 마음속에 일류 격납고의 모습이 그려졌다.

로버트는 즉시 생각을 행동으로 옮겼고 그러면서 이루 말할 수 없이 만족스러웠다. 하지만 한두 가지 중대한 변화를 주고 싶은 마음을 참지 못해 또다시 작업에 푹 빠졌고, 그러다 등 뒤에서 "그게 뭐야?"라고 묻는 버니의 목소리가 들리자 화들짝 놀랐다.

"비행장."

버니가 못 믿겠다는 눈으로 로버트를 보았다.

"뭐라고 생각했는데?"

로버트는 자랑스럽게 몸을 뒤로 젖혀 자신의 작품을 보여주었다. 모든 것이 깔끔하게 정렬되어 있었다. 격납고와 창고 세 개, 그곳으로 가는 길, 비행장 구석구석. 로버트는 버니 역시 기뻐하는 것을, 혹은 적어도 기쁜 표정을 지을 듯 말 듯 하는 것을 보았다.

"저것들은 서치라이트야." 로버트는 버니가 못 보고 지나칠까봐 걱정하며 말했다.

버니는 뭔가 다른 것을 보고 있었다. 원래는 타자기 리본이 담겨 있던 원통형 상자였다.

"내 마을…… 형이 내 벨기에 마을을 부쉈어!"

로버트는 한숨을 쉬었다. 항상 그저 버니와 놀고 싶어서 뭔가를 했다. 하지만 로버트가 어떻게 해도 결과는 늘 똑같았다.

"고칠 수 있어, 버니. 그냥 다시 짓기만 하면 돼."

"그럴 수 없어. 그리고 아직 난 제대로 가지고 놀지도 않았어. 한참은 더 가지고 놀 생각이었는데 형이 부숴버렸잖아!" 화를 낼 때면 버니는 평소와 아주 달라 보였다. 얼굴이 백지장처럼 창백해지고 조그만 노인처럼 보였다. "형이 모든 걸 망쳤어."

"알아, 버니. 하지만 네 걸 부수려고 그런 건 아니었어…… 대신 새 비행장을 지어줬잖아. 낡은 벨기에 마을보다 훨씬 더 좋은 거야."

"형은 형 것만 가지고 놀아." 버니가 외쳤다. "형 거 아니면 건드리지 말라고……" 블록, 불쏘시개용 나무, 연필, 나무 실패가 요란한 소리를 내며 무너졌다. 그것들은 바닥은 물론이고 아버지가 둘을 지켜보며 서 있는 복도까지 굴러갔다.

"이게 대체 무슨 일이냐?"

"제 마을요. 형이 맘대로……"

"아니에요. 전 아무것도 망치지 않았어요. 전 그냥……"

"둘 다 조용히. 너희한테 할 말이 있다. 아이린 이모가 너희를 돌봐주기로 했었는데 지금 마을에 없단다."

"어디에 있는데요?"

"시카고."

"왜요?"

"모르겠구나. 네가 직접 물어보렴. 소피는 일하러 올 상태가 아니라서 네 고모인 클래라와 얘기를 했어. 우리가 없는 동안 너와 버니는 클래라 고모 집에서 지내게 될 거야."

그 순간 모든 것이 변했다. 모든 것이 달라졌다.

로버트는 자기 옷가지가 꾸려지는 동안 위층에 있는 게 너무 껄끄러웠던 나머지 축 처진 채 이 방 저 방 돌아다녔다. 그 뒤를 버니가 바짝 따라다녔다. 버니는 어쩌다 잃어버렸거나 아니면 어디에 뒀는지 기억나지 않는 노란 마노를 찾고 있었다. 그리고 계획이 바뀌었다는 사실보다 마노가 안 보인다는 사실에 더 불안해하는 듯했다.

한동안 로버트는 서재 책꽂이 앞에 서서 장난감 병정을 꺼낼까 말까 고민했다. 로버트는 클래라 고모네 집에 가 있기 싫었다. 그곳이 싫었다. 하지만 한편으로는 둘이 거기 가 있는 동안 집에 불이라도 나면 어쩐단 말인가 하는 생각이 들었다…… 마침내 로버트는 장난감 병정과《스코틀랜드의 대장》을 모두 가져가기로 결심했다. 이 책은 이미 한 번 다 읽은 뒤 다시 읽는 중이었다.

"서둘러라, 애들아." 아버지가 문간에서 말했다. "맥그레거 의사 선생님이 차에서 기다리신다. 어머니에게 작별인사를 하렴. 그다음에……"

로버트가 복도로 나왔을 때 어머니는 모자를 쓰고 외투를 입은 채 큰 거울 앞에 서 있었다. 로버트는 어머니에게 다가가려 했지만 버니가 먼저 가서는 어머니의 목을 끌어안고 서럽게 울었다.

"왜 그러니." 어머니가 베일 너머로 외쳤다. "네 나이가 몇 살인데…… 울면 안 돼. 남들이 보면 큰일이라도 난 줄 알겠다." 그리고 버니가 더욱 크게 울자 말했다. "자, 자, 우리 천사야, 이제 그만!"

로버트는 망설였다. 아버지가 시계를 꺼내는 모습이 보였다.

"어, 그럼 나중에 봬요." 로버트가 작별인사를 건넸지만 어머니는 아마도 듣지 못한 듯했다. "다녀오세요, 어머니. 몸조심하시고요." 그리고 로버트는 차로 걸어갔다.

8

클래라는 방풍문 뒤에서 둘을 기다리고 있었다.

"잘 있었니, 얘들아? 선생님도 잘 지내셨어요?"

로버트는 고모가 자기를 껴안고 있는 동안 숨을 참았다. 클래라는 덩치가 컸다. 거의 로버트의 아버지만 했다. 그리고 평일에는 코르셋을 입지 않았다.

"외투를 벗지 않으시겠어요, 선생님? 정말로 외투 벗지 않으시겠어요?"

맥그레거 의사는 현관에 아이들 옷가방을 놓았다.

"고맙습니다만 오늘은 그냥 가겠습니다."

"제임스 오빠의 전화를 받고 바로 아이들을 데려오라고 했어요. 원래는 남편과 추수감사절 휴가 때 밴달리아에 가려

했지만 전염병이 도는 데다 환자가 너무 많아서 그냥 집에 있기로 했거든요."

눈가리개가 씌워진 채 이 집 현관에 짐짝처럼 내려진다 해도 로버트가 이곳이 어딘지 모르는 일은 절대 없으리라. 냄새만으로도 알 수 있을 터였다. 이제껏 가본 다른 집들의 냄새와는 전혀 달랐는데, 설명하기 쉽지 않지만 상자에 너무오래 담아뒀던 옷 냄새와 좀 비슷했다.

벽과 목조 부분은 어두운 색이었고 언제나 블라인드가 반정도 내려져 있었다. 응접실만 예외였는데, 깔개 색이 바래지 않도록 늘 블라인드를 끝까지 내려놓았다.

로버트는 아직도 야구모자를 쓰고 외투를 입고 서 있었다. 그러다 아무도 모르게 뒷문으로 빠져나가 집을 빙 돌아 차로 돌아갈 수도 있겠다는 생각이 불현듯 들었다. 아버지와 어머니가 집으로 돌아오실 때까지 맥그레거 선생님 집에 있으면 돼. 그러면 모든 것이 다 괜찮아질 거야. 로버트는 식당으로 움직였지만 바로 그때 의사가 작별을 고하기 위해 손을 내밀었다.

"만약 뭐든 원하는 게 생기면," 맥그레거 의사가 말했다. "뭐든 필요해지면, 로버트……"

클래라가 대신 대답했다. "무슨 일이 생기면 연락드릴게요. 정말로 연락드릴게요."

절대로 무슨 일이 생길 리 없다는 말투였다. 문간에 서서 두 다리 사이로 밀려드는 찬바람을 맞으며 맥그레거 의사는 몸을 돌렸고, 로버트에게 알겠지 하는 표정으로 웃어 보였다. "둘 다 얌전하게 지내야 한다." 그러고는 나가며 문을 닫았다.

"있잖니." 클래라가 말했다. "너희가 이렇게 일찍 올 줄 몰랐어. 너희 아버지 말로는 아홉시 반이라고 했거든. 덧신은 히터 바람구멍 위에 두렴, 로버트. 덧신에 묻은 눈 때문에 카펫이 얼룩지겠다."

로버트는 맥그레거 의사의 차가 완전히 사라질 때까지 지켜보고 싶었지만 고모의 말을 무시하고 감히 창문으로 갈 수가 없었다. 그럼에도 로버트는 용감하게 가만히 서 있었다. 로버트의 신발은 그냥 덧신이 아니라 고무덧신이었기 때문이다. 또한 클래라 고모는 로버트의 어머니가 아니었다. 클래라 고모 말에 신경 쓸 필요는 없었다. 마음에도 없는데 고모 말대로 해야 할 필요는 없었다.

"위층으로 가자, 버니. 할머니 방 침대에서 이불과 긴 쿠션을 치워줄게. 그러면 누울 자리가 생길 거야. 한동안은 몸조심해야 해. 아팠잖니."

눈물범벅인 얼굴을 하고도 버니는 좋아라 했다. 로버트는 그 사실을 알아차렸다. 버니는 클래라 고모에게 아양까지 떨었다. 마치 자기가 좋아하고 믿는 사람은 클래라 고모 하나뿐이라는 듯이 앞장서 계단을 올랐다. 버니는 아이린이든 소피든 혹은 그 누가 됐든, 마침 옆에 있고 원하는 걸 해줄 수 있는 사람이면 누구한테든 그렇게 했다. 버니와 클래라가 계단참까지 가자 로버트는 히터 바람구멍으로 가 그 위에 섰다. 고무덧신도 그 무엇도 벗지 않았다. 엄밀하게 따지자면 자주성을 전혀 잃지 않았다. 따뜻한 공기가 다리를 휘감고 올라왔다.

고무덧신이 마르자마자 로버트는 신을 벗고 외투와 야구모자도 벗은 뒤 어두컴컴한 응접실로 갔다. 그러고는 장난감 병정을 둘 곳을 찾아보았다. 비록 응접실은 안전했지만, 혹은 꽤 안전한 편이었지만 그래도 부적당했다. 평소엔 전혀 쓰지 않는 곳이지만 손님이 오면 응접실로 안내했기 때문이다. 클래라 고모는 블라인드를 반쯤 올리고 손님과 함께 커다란 마호가니 흔들의자를 하나씩 차지하고 앉아 대화를 하곤 했다. 피아노 위에는 파도 소리가 나는 소라 껍데기 하나와 커다란 불가사리 하나가 있었다. 예전에 로버트가 부러뜨린 불가사리였다. 불가사리를 들고 부러진 끝부분을 다시 붙여보려 애쓰면서 느꼈던 당혹감이 아직도 생생했다. 결국 겁에 질린 로버트는 불가사리를 피아노 위 원래 자리에 돌려놓고 아무도 알아차리지 못하길 바랐다. 하지만 바로 다음 날 먼지를 털러 온 클래라 고모가 불가사리가 부러진 걸 알아버렸고, 앞으로는 뭐든 물어보고 만지라고 말했다.

사실 로버트는 불가사리 밑바닥이 어떻게 생겼는지 알고 싶었던 것뿐이었다. 일이 그렇게 될 줄 알았다면 절대 건드리지 않았을 터였다.

문 두 개 건너 있는 거실에는 석고상이 두 점 있었다. 붉은 터번을 두른 흑인 여자와 푸른 터번을 두른 (더 검고 몇 배는 더 큰) 흑인 여자였다. 로버트는 이 두상들이 맘에 드는지 안 드는지 도무지 알 수가 없었다. 그래서 장난감 병정이 담긴 상자를 들고 실험 삼아 가죽 소파, 커다란 의자 등 거실 여기저기에 앉아보았다. 하지만 어디로 가도 흑인 여자들은 흰 눈으로 로버트를 바라볼 뿐이었다. 예전에 로버트가 클래라 고모가 어디에서 이 두상들을 구했는지 물어봤을 때 어머니는 아프리카 오지에서 구해 온 거라고 대답했다. 그렇지만 어머니의 설명을 늘 믿을 수 있는 것은 아니었다. 클래라 고모는 윌프레드 고모부와 뉴욕에 갔다가 집에 돌아오는 길에 나이아가라 폭포에 들른 적이 있었다. 그리고 장례식에 참석하러 오마하에도 간 적이 있었다. 하지만 바다를 건너 여행을 한 적은 한 번도 없었다. 로버트가 아는 한 확실했다. 흑인의 머리는 진짜 사람 머리가 아니라 석고였다. 뒤의 화상(火床)을 가려두려는 듯이 멋진 금속 가리개가 나사로 고정되어 있지만 벽난로가 진짜가 아닌 것만큼이나 확실한 사실이었다.

클래라 고모가 부인 원호회 모임에 참가했던 언젠가, 로버트는 나사를 풀어보았고 그 뒤엔 벽밖에 없다는 것을 발견했다. 하지만 금속 망을 원래 자리에 다시 설치할 수 없었다. 로버트는 어머니가 자신을 데리러 올 때까지 오후 내내 진땀을 뺐지만 나사를 제대로 죌 수 없었다. 하지만 그 일은 무사히 넘어갔다. 어머니가 클래라 고모에게 사람을 불러 고치면 자신이 그 비용을 내겠노라고 말했기 때문이다. 그리고 집으로 오며 보니 어머니는 심지어 화도 안 난 듯했다. 어머니는 자기도 오랫동안 그렇게 해보고 싶었다고 말했다.

로버트는 무슨 물건이든 제 쓰임새를 다하는 것을 좋아했다. 그리고 제대로 작동하는 것을 좋아했다. 그런 결론에 도달하자 로버트는 책꽂이 앞으로 가 섰고, 책장의 흥미로운 물건들에 넋을 잃었다. 산호, 불가사리, 소라 껍데기, 공작새 깃털, 앵무새 알, 오카리나, 색색의 돌. 절대 손대지 말라고

들은 물건들이었다. 더는 지켜보고만 있을 자신이 없어지자 몸을 돌려 식당과 현관 쪽으로 갔다. 거의 열시였다. 로버트는 뻐꾸기시계 앞에 서서 작은 나무 문이 활짝 열리고 나무새가 나와 시간을 알리길 기다렸다. 그런 다음 여기저기 다니며 장난감 병정을 놓을 곳을 찾아보았다.

계단 끝까지 올라간 로버트는 좁은 복도에서 클래라 고모와 월프레드 고모부의 고등학교와 대학교 졸업장이 담긴 액자, 모리슨 가문을 상징하는 문장, 할아버지가 꽃에 둘러싸인 채 관에 누워 있는 사진과 마주했다. 복도 왼쪽에는 손님방, 클래라 고모와 월프레드 고모부의 침실이 있었다. 침실은 고모와 고모부가 매일 자는 곳인데도 아무도 쓰지 않는 방처럼 보였다. 복도 오른쪽에는 할머니 방이 있었다. 로버트는 문가에서 안을 들여다보았다. 할머니는 창가 흔들의자에 앉아 있었고 버니는 커다란 마호가니 침대에 누워 담요를 덮고 있었다. 두 사람 다 로버트가 온 줄 몰랐다. 방은 드레스 옷본, 퀼트 천 조각, 분필, 리본, 오래된 편지, 실패, 상자, 바구니, 가방으로 어지러웠다. "들어올 거면 들어오고 나갈 거면 나가렴……" 할머니는 늘 그렇게 말했다. 로버트는 코를 킁킁거렸고(희미하게 강심제 냄새가 났다), 복도를 걸어 월프레드 고모부의 서재로 갔다. 서재는 작고 어둡고 좁

왔다. 간이침대 하나, 옷장 하나, 의자 두 개, 롤톱 책상* 하나, 타자기용 테이블이 있었으며 그 사이로 걸어 다닐 만한 공간이 있었다. 타원형 액자 속 유레카 화재보험 회사의 주(州) 대리인들이 로버트를 뚫어져라 내려다보며 마음을 불편하게 했다. 벽지는 달콤하다 못해 구역질이 날 것 같은 갈색이었다. 하지만 서랍장은 바로 로버트가 찾아다니던 물건이었다.

로버트는 장난감 병정을 그 위에, 사람들 눈에 잘 안 보이게끔 안쪽으로 놓았다. 몸을 돌려 방에서 나오려는데 기차 기적 소리가 발길을 붙잡았다. 길게 두 번, 짧게 두 번, 이윽고 구슬프고 아주 길게 한 번…… 로버트는 그 소리가 다시 들릴 때까지 귀를 기울였다. 길게 두 번…… 짧게 두 번…… 그리고 어느 순간 아주 비참한 마음으로 깨달았다. 저 기차에 부모님이 타고 있었다. 로버트가 불편해하는 이 집에, 로버트가 좋아하지 않는 사람들 옆에 로버트를 남겨두고 가버리셨다. 영원히는 아닐지라도 이제 아주 오랫동안 부모님을 볼 수 없을 터였다.

---

* 둥근 접이식 뚜껑이 달려 윗면을 덮고 잠글 수 있는 책상.

9

할머니는 사람 이름이나 물건 둔 자리를 잘 기억하지 못했다. 할머니는 로버트에게 이렇게 말하곤 했다. "제임스…… 모리슨…… 로버트." 또 이렇게 묻기도 했다. "내 안경 못 봤니?" 그럴 때마다 안경은 어김없이 할머니 이마 위에 걸쳐져 있었다.

안경을 내려 쓰고 나면 할머니는 루시타니아 호의 침몰이나 가필드 대통령 암살, 섬터 요새 전투에 대해 로버트와 기분 좋게 대화를 나눴다. 미시시피에 면화 농장을 가지고 있는 마틴 작은할아버지 얘기도 했다. 그리고 만약 남부 사람들이 흑인에게 상냥하게 대하고 '씨' 또는 '부인'이라고 존칭을 붙여 말했다면 전쟁은 절대로 일어나지 않았을 거라고 했다. 사도 바울 이야기와 그리스도 이야기도 했다. 할머니 말에 따르면 그리스도는 다른 사람들의 말과는 달리 침례를 받았다. 왜냐하면 물 '안으로' 들어갔다가 '다시 나왔기' 때문이다.

신발을 신은 채로 침대로 올라가거나 할머니가 코바느질할 때 질문을 하지만 않으면 뭘 하고 놀아도 괜찮았다. 시행착오를 겪으며 로버트는 할머니 방이 자신에게 안전한 장소라는 사실을 알게 되었다. 다른 곳에서는 뭐든 만지는 순간 곧바로 누군가가 로버트를 불렀다. 지루해져서 (언제나 그랬다) 어슬렁어슬렁 손님방이나 아래층으로 향하면 곧 클래라 고모가 "로버트, 고모부 스크랩북 가지고 놀지 말라고 했지 싶은데…… 그 달걀 모양 짜깁기 도구는 부르넷 증조할머니 유품이야. 내가 너라면 그 물건으로 던졌다 받기 놀이는 안 할 거야…… 로버트, 너 정말로 그런 노래를 불러도 괜찮다고 생각하는 거니?"라고 잔소리를 늘어놓았다. 결국 완전히 위축된 나머지 뭔가를 하거나 말하는 게 두려워진 로버트는 현관 쪽 복도에 앉아 깍지를 꼈다 풀었다 했다. 또는 앞쪽 창문에 얼굴을 붙이고 서서 아이들이 얼음 덮인 길 위에서 뛰거나 미끄러지거나 서로 미는 모습을 지켜보았다.

로버트는 그 아이들 이름을 모두 알았다. 남자아이들은 썰매를 끌고 갔고 여자아이들은 눈밭에 누워 팔다리를 움직여 천사 모양을 만들었다. 로버트는 나이 많은 몇몇 남자아이 주머니에 어떤 구슬이 있는지까지 알았다. 하지만 아이들은 고개를 들어 로버트를 봐도 알은척도 하지 않았다. 마치 중국 사람을 본 듯이 신기해하는 게 전부였다. 아이들은 로버트에게 이질감을 느꼈고 멀리했다. 저 아이들의 어머니는 아기를 낳으러 디케이터에 가지 않았다.

집 바깥에 흥미를 끌 만한 일이 전혀 없으면 로버트는 몸을 돌려 뻐꾸기시계가 울기를 기다렸다. 나무 문이 활짝 열리고 시끄러운 작은 새가 나오면 로버트는 삶에 흥미가 다시 생겼다. 그 과정에서 버니 방에 어머니가 들어가게 놔뒀던 일이 기억났다. 가능하면 잊고 싶은 기억이었다. 어찌어찌 그 일을 다시 잊었을 때도 자신이 뭔가를 걱정했었다는 사실은 계속 어렴풋이 뇌리에 남아 있었다.

하루하루가 똑같이 지루했다. 심지어 추수감사절마저 그랬다. 클래라 고모가 파운드당 60센트나 한다는 이유로 칠면조 대신 닭을 구웠기 때문이다. 하지만 추수감사절을 보낸 후 토요일, 로버트는 새로운 사실을 알게 되었다. 그동안 지나쳤던 것이 있었다. 거실 탁자 아래에 놓인 대사전이었다. 대사전 위에는 크기 순서대로 커다란 책이 일고여덟 권 정도 올려져 있었다. 로버트는 클래라 고모가 오는 소리가 들리면 곧바로 돌려놓을 수 있도록 책을 한꺼번에 옮겨두었다.

사전에서 나쁜 단어를 찾는 행위는 범죄가 아니었다. 그런 일로 감옥에 가진 않았다. 하지만 로버트는 사전 보는 걸 들키고 싶은 마음이 없었다. 특히 클래라 고모에게는 더욱 그랬다. 그건 거짓말을 하거나 자신이 있는 줄 모르고 사람들이 하는 얘기를 몰래 엿듣는 행위와 비슷했다.

가장 좋은 방법은 글자를 고르고(가령 C) 나서 눈을 감고 아무 페이지나 펼치는 것이었다. 'chilblain(동상)…… child(아이)…… childbearing(분만)…… childbed(산욕)…… childbirth(출산)……' 찾던 곳을 지나쳤다. 사람들은 '아이를 가진'이라고 말했다. 아이를 가진 여자. '아이 child(chīld), 명사. 복수형 아이들children(chǐl'drěn)…… 1. 태어나지 않았거나 최근에 태어난 인간. 태아, 유아, 아기 …… 어떤 성별이든 어린 사람, 특히 유아기와 청소년기 사이의 사람. 따라서 이런 사람은 아주 어린 인간의 특징, 즉 순진함……'

로버트의 얼굴이 붉어졌다. 로버트는 거실에 있는 빈 의자들을 둘러보았고 사전을 덮으려 했다. 그러다 갑자기 마음이 바뀌었다.

'순종, 신뢰, 제한적인 이해력, 기타 등등을 보인다…… 내가 어렸을 때에는 말하는 것이 어린아이와 같고 깨닫는 것이 어린아이와 같고*' 로버트는 옷 아래 피부가 따뜻해지는 것을 느꼈다. 이번에도 도가 지나쳤다. fetus(태아)가 그 단어였다…… 'fetter(족쇄)…… fettle(상태), fettle…… fettling(벽난로 바닥재)……' '태아 fetus, foetus(fēʹtŭs), 명사. 아직 태어나지 않은 새끼. 라틴어 fetus에서 유래. 자궁 속에 있는 동물의 새끼 혹은 배아……' 버니가 로버트 뒤로 다가왔다. 어찌나 조용히 다가왔는지 로버트는 버니가 방에 들어오는 줄도 몰랐다. 버니는 잠깐 기다리다가 살짝 소리를 냈다. 로버트는 깜짝 놀라 사전을 거칠게 덮었다.

"고모가 보면 어쩌려고 그래." 버니가 말했다. "형이 고모 사전 쓴 거 알면 된통 혼낼 거야."

"모를 거야."

"알면 어쩔 건데?"

"가만있어야지."

"그런데 얼굴이 왜 그렇게 빨개?"

"안 그래."

---

* 〈고린도전서〉 13장 11절 일부.

"빨갛다니까."

"아니라니까. 계속 이렇게 징징거릴 거면 다른 데 가서 놀아, 버니!"

"그럴게." 버니가 희망을 품고 말했다. "형의 멋진 병정을 가지고 놀게 해주면."

"꿈 깨."

로버트가 읽던 페이지가 구겨져 있었다. 로버트는 조심스레 주름을 폈다. 클래라 고모가 사전을 쓸 때까지 시간이 좀 있을 테고 또한 C로 시작하는 단어를 찾지 않을 수도 있다 …… 로버트는 읽었다. '자궁(womb) 속에 있는 동물의 새끼 혹은 배아……'

버니가 방을 나갔다. 로버트는 마음껏 W로 시작하는 단어를 뒤졌다…… 'wolves(늑대들)…… wolvish(욕심 사나운)…… woman(여자)…… woman's right(여권)…… womb(자궁) …… 복부…… 배…… 모태에서부터 배역한 자*—쿠퍼…… 자궁처럼 생긴, 무엇인가를 감싸거나 담고 있는 공동……' 로버트는 괄호와 약어는 건너뛰며 읽고 또 읽었다. 하지만 의미를 짐작조차 할 수 없었다. 눈앞에 의미가 적혀 있지만

---

* 〈이사야서〉 48장 8절 일부. 영국 시인인 윌리엄 쿠퍼가 자신의 시 〈과제〉의 한 구절에 인용했다.

도무지 이해가 되지 않았다. 의미가 단어 속에 갇혀 있었다.

돌연 로버트는 밖으로 나가 공터를 달리고 싶어졌다. 미식축구공을 옆에 끼고 힘껏 달리고 싶었다. 태클을 당해 땅처럼 단단한 것에 처박히고 싶었다. 로버트는 한숨을 내뱉으며 사전을 덮고 나머지 책을 다시 위에 올렸다. 그러고는 우편물이 왔나 확인하러 현관문으로 갔다. 우편물 중에는 아버지가 클래라 고모에게 쓴 편지도 한 통 있었다. 로버트는 고모에게 그 편지를 가져다주고 옆에서 기다렸다. 셔츠 속에서 심장이 쿵쾅거렸다.

"네 아버지가 보낸 거구나." 부엌의 두루마리 수건에 손을 닦으며 클래라가 말했다. "아버지가 보낸 거야." 클래라는 편지를 뜯어 처음부터 끝까지 천천히 읽었다. 다 읽고는 편지를 다시 봉투에 담아 앞치마 주머니에 넣었다.

"아기는 태어났어요?" 로버트가 물었다.

"아니."

"어머니는 어떠시대요?"

"네 어머니는 괜찮아. 예상대로 다 순조롭다는구나."

로버트는 고모를 보았다. "그 말뿐이에요?"

"그래, 그게 전부야……"

하지만 아니었다. 2층으로 올라가며 로버트는 확신했다.

고모의 눈빛에서 알 수 있었다. 클래라 고모가 얘기해주지 않은 내용이 편지에 더 있었다. 맥그레거 의사 선생님한테 전화를 걸어 무슨 일인지 알아낼 수도 있었다. 하지만 어머니는 중요한 일이 아니면 의사 선생님을 방해하지 말라고 했고, 이건 중요한 일이 아닐 수도 있었다.

하지만 다시금 계단 꼭대기까지 온 로버트는 이게 중요한 일일 수도 있다는 생각을 했다. 그러다 복도에 들어서자마자 서재에서 장난감 병정을 꺼내려 하는 버니를 보았다. 버니는 윌프레드 고모부의 회전의자를 끌어다 서랍장 앞에 놓고 그 위에 아슬아슬하게 올라서 있었다.

"야!"

버니는 겁먹은 표정으로 로버트 쪽으로 얼굴을 돌리다 중심을 잃었다. 병정들이 버니와 함께 떨어져 사방에 흩어졌다.

"이러려던 게…… 정말로 이러려던 게 아니었어!"

로버트는 한마디도 없이 버니를 스쳐 지나갔다. 바닥에는 팔이 부러지고 머리가 떨어져 나간 카자크 군인, 장총, 그리고 기마경찰이 탔던 백마의 다리가 흩어져 있었다. 안타까운 마음에 로버트의 입술이 뒤틀렸다. 창기병도 보였다.

"개새끼." 로버트가 말했다. "버니, 이 못돼 처먹은…… 개새끼!"

10

일요일 아침 내내 로버트는 접착제, 성냥개비, 철사, 이쑤
시개, 실을 이용해 부서진 병정을 고쳤다. 다행히 어떤 말은
다리가 통으로 떨어져 나갔다. 그런 다리는 도로 붙일 수 있
었다. 그리고 그렇게 다리를 붙인 말이 제대로 서지 못할 때
는 그 말이 다리를 저는 거라고 여길 수 있었다. 팔은 철사,
머리는 성냥개비로 연결할 수 있었다. 그래서 적당히 멀리서
보면 병정들이 수리된 적이 있다는 사실을 누구도 알기 힘
들었다. 문제는 로버트가 그 병정들을 적당히 멀리 놓고 가
지고 놀지 않는다는 점이었다.

버니는 형을 돕고 싶어 했다. 하지만 클래라 고모가 안 된
다고, 그렇게 심한 말을 한 형을 도울 필요는 전혀 없다고 말

했다. 그래도 로버트는 아무렇지 않았다. 버니가 충분히 커서 둘 다 나이가 들고 덩치가 같아지면 뒤뜰로 데리고 나가 이 문제를 깨끗이 해결 볼 생각이었다. 그런다고 병정이 원래대로 돌아오지는 않겠지만 확실히 기분은 훨씬 나아질 거야. 로버트는 혼잣말을 했다(버니에게도 언젠가 손봐줄 거라고 말해두었다). 왜냐하면 때때로 옆의 거실 바닥에 이리저리 흩어진 병정을 보면, 팔 하나는 여기에 칼의 일부분이나 헬멧은 저기에 있는 모습을 보면, 버니가 다 자랄 때까진 너무 멀었다는 생각, 그래서 지금 당장 어떻게 해버리고 싶다는 생각이 돌연 온몸을 휘감았기 때문이다. 그렇지만 월프레드가 커다란 의자에 앉아 일요일 신문을 읽고 있었던 탓에 로버트는 아무것도 할 수 없었다.

한시 오 분 전, 클래라가 식사하기 전에 손을 씻으라고 로버트와 버니에게 소리쳤다. 부엌 싱크대에 먼저 도착한 버니가 너무 오랫동안 씻는 바람에 막상 로버트는 식탁 앞에 앉을 시간이 되어서야 비누를 쓸 수 있었다. 로버트는 딱히 꼼꼼히 씻어야 한다거나 두루마리 수건에 흙이 묻지 않도록 조심해야겠다는 생각은 하지 않았다. 게다가 의자에 앉아 냅킨을 펼치면서 난 배가 고프니까 괜찮아라는 생각까지 했다.

집에서는 다른 사람들이 음식을 다 받기 전이라도 샐러드를 먼저 먹는 게 괜찮았다. 하지만 로버트가 그렇게 하자 클래라가 쉰 목소리로 말했다.

"로버트, 뭔가 잊은 것 같구나."

로버트는 놀라서 눈을 들었고, 클래라 고모와 윌프레드 고모부와 할머니와 버니, 모두의 시선이 자신에게 향한 것을 느꼈다. 로버트는 샐러드용 포크를 내려놓고 고개를 숙였다. 윌프레드가 못마땅한 목소리로 말했다. "오 주여, 우리를 축복하소서. 그리고 당신께서 주신 이 선물들을 축복하소서 ...."

식사기도가 끝난 뒤에도 윌프레드는 계속 기분이 좋지 않았다. 로버트가 아는 한 이건 로버트 탓이 아니었다. 전염병이 도는 동안 교회(를 비롯한 다른 모든 종교의 회당)를 닫아달라고 요청한 보건과 관리 때문이었다. 윌프레드 생각에는 이렇게 교회를 폐쇄해야 할 필요가 전혀 없었다.

"그건 별개의 문제야." 로버트가 제일 좋아하는 닭날개 대신 가능하면 절대 입에도 안 대는 닭다리를 주며 윌프레드가 말했다. "볼링장과 당구장을 닫는 건 닫는 거지. 하지만 예수 그리스도의 교회를 닫는 건 별개의 문제야. 그러면 사람들은 교회 모임이 건강에 나쁘다고 여길 거야. 특히 교회가 병을 퍼뜨린다고 생각하게 될 거라고."

클래라가 말했다. "환자가 많은 건 사실이야. 분명한 사실이지."

"교회는." 월프레드가 말했다. "교회는 그 사람들에게 너무나도 사소한 거라서 조그마한 핑계만 있어도 문을 닫게 할 수 있는 거지…… 교회에서 한 시간 정도 사람들을 만나는 게 하루 종일 쇼핑을 하거나 사무실에서 일하는 것보다 병균에 더 노출될 이유가 대체 뭐냐고."

이제 로버트는 배가 고프지 않았다. 고모부의 말을 듣고 있으니 모든 식욕이 사라져버렸다.

"여기 춥네요." 로버트는 고모가 일어나 온도조절장치를 보러 가지 않을 걸 알면서도 말했다.

"단언컨대…… 24도야. 몸이 안 좋니, 로버트?"

몸은 멀쩡했다. 완벽했다. 모두가 로버트를 그런 눈으로 보아야 할 이유가 전혀 없었다.

"네 눈이 충혈됐어."

로버트는 의자를 뒤로 밀었다. "아니요." 로버트가 말했다. "그냥 여기가 춥다고 생각한 것뿐이에요." 그러고는 2층 화장실에 가려고 계단을 오르려다 토하고 말았다.

클래라는 로버트가 허락하는 한 최대한 옷을 벗겼고 침대에 누울 수 있게 이불을 걷어주었다. 잠시 뒤 맥그레거 의사가 와서 체온을 재고 질문을 했다. 하나같이 전혀 도움이 될 법하지 않은 질문이었다. 로버트는 맥그레거 선생님이 와서 기뻤고, 선생님이 가자 안타까웠다. 하지만 로버트가 할 수 있는 일은 아무것도 없었다. 로버트는 정신을 집중할 수 없었다. 병 때문에 완전히 정신이 혼미했다.

사흘 낮 사흘 밤을 그렇게 보냈다.

클래라 고모는 두 시간마다 나타났다. 어떤 때는 옷을 제대로 갖춰 입었고 어떤 때는 길고 하얀 잠옷을 입고 땋은 머리를 등 뒤로 늘어뜨리고 있었다. 어떤 때는 너무나도 조용히 왔다 갔기 때문에 로버트는 고모가 정말로 왔다 갔는지도 헷갈렸다. 그리고 다시 나타났을 때 고모는 한 손에는 하얀 알약 두 알을, 다른 손에는 물이 담긴 유리잔을 들고 로버트의 침대 옆에 한없이 오래 서 있었다.

나흘째 되는 날 아침, 깊은 잠에서 깨어난 로버트는 몸이 나아진 것을 깨달았다. 또한 뭔지는 모르지만 정신을 차리면 즉시 알아내야 할 일이 있다는 것도 생각났다. 클래라가 아침식사가 담긴 쟁반을 들고 나타났다.

"잘 잤니?" 클래라가 물었다. "몸은 어떠니? 좀 어때, 로버트?"

"나아졌어요."

로버트의 목소리는 힘이 없었고 마치 다른 사람 목소리 같았다.

"일어날 수 있을 거 같아요, 고모."

"그러면 안 돼. 넌 아팠잖니, 로버트. 많이 아팠어……"

'편지……' 갑자기 기억이 났다. 클래라 고모는 편지를 받았고 그 내용이 뭔지 말해주려 하지 않았다. 맥그레거 의사 선생님에게 전화를 해서 무슨 일인지 알아내려 했었지만 선생님이 왔을 때는 너무 아파 그 일을 까맣게 잊고 있었다.

"고모, 어머니 상태가 어떤지 말해주실래요?"

"의사 말론 아무 문제없이 잘 지내고 있대. 게다가 병원에 있잖니. 거기서 아주 잘 보살펴줄 거야."

전혀 성에 차지 않는 대답이었다. 클래라가 밖으로 나가자마자 로버트는 액자 속 보험 대리인들을 보지 않아도 되게끔 벽 쪽으로 등을 돌리고 잠을 잤다. 정오에 클래라는 약 먹으라고 로버트를 깨웠다. 로버트는 다시 같은 질문을 했고, 비슷한 대답을 들었다. 로버트는 두 눈을 감고 잠들었다가 다시 깼고, 겨울 오후가 거의 다 지나갈 때까지 다시 잠들었다. 천장에 가로등 불빛이 네모나게 어렸다. 이윽고 몸을 돌린 로버트는 한 달 전에 일어났던 일을 어렴풋이 보았다. 마치 오페라글라스를 눈에 거꾸로 대고 보는 것 같았다. 10월

마지막 일요일에 로버트 가족은 낚싯대, 음식 바구니, 프라이팬, 보온용 담요 가운, 물병, 미끼용 벌레가 든 깡통을 실은 비좁은 차에 탔다. 그리고 특별한 출입문이 나올 때까지 시골길을 따라 차를 달렸다. 그 문을 지나자 차에서 내려 가시철조망 아래로 기어 들어갔고, 싣고 온 물건들을 질질 끌며 강둑 공터까지 갔다.

보온용 담요 가운을 땅에 펼치고 그 위에 음식을 늘어놓은 뒤, 아버지는 강꼬치고기와 배스를 잡으러 하류로 한참을 내려갔다. 어머니는 높은 둑에 앉아 있었다. 조만간 그곳을 지날 작은 민물고기를 잡기 위해서였다. 어머니 가까이에 있는 오래된 나무뿌리 사이에 앉아 낚싯대를 드리운 버니는 물고기들이 미끼를 깔짝대는 동안 몽상에 빠졌다. 상류로 올라간 로버트는 다리를 지나, 머리 위로 드리워진 나뭇가지에 줄이 걸리지 않을 만한 곳에서 낚싯줄을 던졌다.

어머니는 반대쪽 둑에서 로버트를 향해 괜스레 웃어 보였다. 로버트 눈에는 어머니가 하늘과 시내, 그리고 이따금 여남은 잎씩 한꺼번에 떨어져 둑 아래로 들어갔다가 다시 떠오르는 노란 나뭇잎을 향해서도 웃는 듯이 보였다.

11

로버트가 깨어났을 때 밖은 꽤 어두웠고, 아래층에서 클래라 고모가 하는 말이 히터 바람구멍을 타고 또렷하게 들려왔다.

"그래…… 그래, 어맨다……"

고모는 전화로 통화하느라 목소리를 높이고 있었다.

"나는 잘 지내. 너는? 나는 잘 지낸다니까…… 응…… 그애는 나아졌어. 그런 거 같아…… 로버트는 나아졌다고. 하루 종일 자다 깨다 하네…… 응, 디케이터에…… 응…… 온갖 예방 조치를 취했지만…… 둘 다…… 오빠도……"

로버트는 몸의 힘을 빼고 베개에 머리를 맡겼다. 통화 내용은 어머니와 아버지에 대한 것이었다. 로버트가 아픈 동안 어머니와 아버지에게 무슨 일이 생긴 것이다. 아니 어쩌면 그 전에 일어난 일이었다. 클래라 고모는 로버트에게 말해주려 하지 않았다. 고모가 저녁식사를 가지고 올 때 '어머니는 어때요? 말해주셔야 해요……'라고 물어볼 수도 있지만 그런 식으로는 답을 얻을 수 없을 터였다. 식사가 담긴 쟁반이 오기 전, 현관문에서 초인종 소리가 나더니 아래층 복도에서 아이린 이모의 목소리가 들려왔다. 로버트는 아주 어지러웠지만 침대에 일어나 앉아 정말로 아이린 이모의 목소리인지 아니면 자신의 상상인지 고민했다.

"모르겠어, 아이린……"

클래라 고모가 아이린 이모와 말다툼을 하고 있었다.

"로버트가 다른 사람을 만나도 되는지 안 되는지 잘 모르겠어. 아직도 열이 있는 데다 의사 말에 따르면……"

로버트는 더 이상 참을 수가 없었다.

"아이린 이모." 로버트가 말했다. "저 여기 있어요!"

계단을 올라오는 하이힐 소리가 들렸다. 로버트는 이 세상에 클래라 고모를 두려워하지 않는 사람이 한 명은 있다는 걸 확신하게 되었다.

아이린이 전등 스위치를 켰다. 문가에 선 아이린은 아주 아름다웠다. 두 눈은 반짝였고, 검은색 일색의 옷을 입었으며 목에는 검은색 모피를 두르고 있었다. 아이린이 다가와 침대 곁에 앉자 로버트는 이모의 향수 냄새를 맡을 수 있었다. 터무니없었다. 갑자기 모든 것이 터무니없다는 느낌이 들었다. 자신의 두 손(아이린이 잡고 있었다), 그리고 황토색 벽지, 보험 대리인들. 하지만 무엇보다 터무니 없는 건 클래라 고모 집에서 병에 걸릴 정도로 멍청한 로버트 자신이었다.

"시카고에 다녀왔어." 아이린은 자기 역시 멍청한 행동을 했다는 듯이 말했다.

아이린이 로버트와 함께 계단에 앉아 있던 때 이후로 너무나도 많은 일이 일어났다. 로버트는 아이린에게 왜 시카고에 갔었는지 묻지 않았다. 상관없었다. 어릴 때 로버트가 하면 안 되는 일을 했을 때, 가령 금요 브리지 카드놀이 모임에 가려고 나가는 에셀 이모에게 호스로 물을 뿌린다거나 했을 때 로버트는 최대한 빨리 아이린 이모의 곁으로 도망쳤다. 아이린 옆까지만 가면 그때부턴 안전했기 때문이다. 아이린은 그 누구도 로버트를 건드리지 못하게 했다. 두 눈을 이글거리며 로버트를 등 뒤에 감추고 말했다. "제임스 모리슨, 이 아이 털끝 하나라도 건드리기만 해봐요!"

아이린이 없을 때도 그 모습을 떠올리고 싶은 마음에 로버트는 유심히 아이린을 보며 그 얼굴과 모자의 버클을 기억에 새겨놓으려 애썼다. 아이린은 어머니처럼 분을 가득 묻힌 스펀지를 손수건에 싸서 가지고 다녔다. 로버트는 하는 이야기에 온전히 정신을 집중하지 못했다. 시카고 거리에서 길을 잃었던 이야기였다.

"······여기가 어딘지 도대체 감도 안 오는 거야. 그래서 경찰관한테 가서 '파머 하우스로 가는 길 좀 가르쳐주실 수 있느냐'고 공손히 물었지. 그러자 경찰관이 그러는 거야. '곧장 가시면 됩니다, 부인.'"

로버트는 싱긋 웃고는 이모 이름을 천천히 불렀다.

"아이린 이모······"

"왜 그러는데?"

"좀 전에 여기로 전화한 여자가 있어요. 이름이 어맨다 매슈스예요."

"그래, 로버트."

"고모랑 전화로 어머니 얘기를 했어요······ 클래라 고모한테 어머니 상태가 어떠냐고 물으면 고모는 늘 아무 문제없다고만 해요."

로버트는 내내 자기를 괴롭히던 문제를 정확히 집어 물을 수가 없었다. 그럼에도 아이린은 알아들은 것 같았다. 아이린은 마치 로버트가 큰 소리로 그 질문을 했다는 듯이 고개를 끄덕였다.

"돌아누워봐." 아이린이 말했다. 그러더니 이불을 내리고 어렸을 때 해줬던 것처럼 등을 쓸어주었다. 그러면 몸속 깊은 곳까지 나른해지고 차분해졌다.

"네 엄마와 아빠 모두 독감에 걸려서 아주 편찮으셔."

로버트는 아이린을 보려고 몸을 돌렸지만 아이린은 창밖을 바라보고 있었다.

"엄마는 양측성 폐렴에 걸렸어."

로버트는 벽 쪽으로 다시 돌아누워 눈을 감았다. 로버트는 이제 자신이 알고 싶었던 것이 무엇인지 깨달았다.

"아기는 어제 태어났어…… 그리고 아직 살아 있어. 오늘 오후에 의사랑 이야기를 했는데, 의사 말로는 네 엄마 증세가 약간 호전되었다더라…… 조금은 가망이 있대."

12

아이린이 간 뒤 로버트는 열이 나는 와중에도 곰곰이 생각
하며 이 상황을 제대로 해석해보려 애썼다. 겁이 나는 몇몇
단어는 떠올리고 싶지도 않았다. '양측성 폐렴', 아이린 이모
는 그렇게 말했다. 게다가 아버지와 어머니 둘 다 병원에 있
었다.

예를 들어 아멜리아 '이모'의 남편 같은 경우가 있었다. 재
작년 겨울에 셰퍼드 씨는 폐렴에 걸렸고(단순 폐렴이었다),
소위 '위기' 상황도 있었다. 하지만 위기의 순간이 지나가자
셰퍼드 씨는 건강해졌다. 그러나 모든 사람이 다 이렇게 낫
진 않았다.

해리스 선생님은 건강을 회복하지 못했다. 그녀는 '결핵'

에 걸린 탓에 얼굴이 무척이나 창백했다. 지리를 가르쳤고, 모든 아이들이 사과와 오렌지, 활짝 핀 라일락을 가져다주었다. 생일에는 반 전체가 온실에서 키운 스위트피를 선물했다.

해리스 선생님이 학교를 그만두고 나서 로버트와 아이리시는 어느 날 오후 자전거를 타고 선생님을 만나러 갔다. 선생님은 아래층 방 침대에 있었는데, 그 짧은 시간 사이에 너무나 많이 변한 바람에 처음에는 알아보지도 못했다. 말을 하려고 할 때마다 선생님은 기침을 했다. 방에는 요란하게 재깍거리는 시계가 있었고, 두 사람은 겨우 일이 분 정도만 선생님을 만나는 게 허락되었다.

그게 몇 년 전이었다. 그 전에는 외할아버지 일이 있었다. 외할아버지는 그레이스랜즈라는 외딴 시골 마을에서, 사람들이 쥐를 쫓기 위해 키우던 담비에게 자던 중에 귀를 물렸다. 그 뒤 외할아버지는 집에 와서 오랫동안 앓았고, 그래서 가족들은 크리스마스트리를 2층에 있는 외할아버지 방에 설치해야 했다. 문이 열리면 버니와 아그네스가 함께 뛰어들어왔다. 아그네스는 "와, 내 흔들목마 좀 봐"라고 외쳤고 버니는 "와, 내 인형 좀 봐!"라고 외쳤다.

외할아버지가 돌아가신 뒤 그 방문은 굳게 닫혔다. 한번은 주위에 아무도 없을 때 로버트가 문을 열고 안으로 들어가 보았다. 가구를 제외한 모든 것이 치워지고 없었다. 옷장의 옷조차 남아 있지 않았다.

집으로 돌아온 로버트는 어머니에게 그 일에 대해 말했다. 어머니는 다들 외할아버지가 죽었다고 생각하고 있는데, 외할아버지가 갑자기 눈을 뜨고 사람들을 보더니 천국은 모든 게 다 있는 곳이라고 말하더란 얘기를 들려주었다. 스타크 선생님이 일요 성경학교에서 읽어주던 "천국에는 훌륭한 집이 많이 있습니다"라는 얘기와 아주 비슷했다. 사실상 내용이 같은 얘기였다. 스타크 선생님은 만약 사람들이 선량하고 십계명을 어기지 않는다면 죽어서 곧장 천국으로 갈 거라고 했다. 고양이와 개도 마찬가지라고 했다. 하지만 그 부분은 틀렸다. 로버트는 그 사실을 확실히 알았다. 왜냐하면 아이리시의 고양이가 낳은 새끼들을 살릴 수 없었기 때문이다. 로버트와 아이리시는 유리병에 물을 약간 담아 그 안에 새끼 고양이 중 한 마리를 넣고 묻었다. 그리고 2주 뒤 둘은 유리병을 다시 파냈다.

세상에는 생각하지 않는 게 나은 일도 있었다. 그래서 로버트는 아무 생각도 하지 않고 조용히 누워 한순간 한순간을 흘려보냈다. 누군가가 위층으로 올라왔다. 변기 물 내려가는 소리, 욕실에서 물이 흐르는 소리가 들렸다. 그 뒤론 월프레드 고모부가 식사를 가져다줄 때까지 아무 소리도 나지 않았다.

어머니 상태를 묻고 싶었지만 로버트는 고모부와는 좀 서먹서먹했다. 고모부는 다정다감한 사람이었다. 잠이 덜 깬 로버트에게 억지로 약을 먹이거나 하지 않았다. 그리고 조명을 켤 때면 언제나 종이로 그 주위를 감쌌다. 하지만 한편으로는 남다른 구석도 있었다. 담배를 피우거나 위스키를 마시지 않았고 팻과 마이크라는 아일랜드인 두 명이 등장하는 흔한 농담도 하지 않았다. 이발을 제때 하지 않았으며 춤추는 행위가 옳지 않다고 여겼다. 앞코가 위로 올라간 신발을 신었고 일요일에 교회에 세 번 갔으며 로버트와는 공통의 화제가 별로 없었다.

로버트가 식사하는 동안 두 사람은 모두 자기만의 침묵에 잠겼다. 하지만 윌프레드가 방을 나가는 순간 로버트는 고모부가 나가는 게 안타까워졌다. 불이 꺼지는 순간, 만약 어머니에게 무슨 일이 생긴다면 다 '내 탓'이라는 생각이 들었기 때문이다. 로버트는 두려웠다. 그 어느 때보다 더 두려웠다. 마치 울음이 터져 나오고 동시에 속이 울렁거릴 것 같은 끔찍한 두려움이었다. 로버트는 주먹을 움켜쥐고 뜨거운 베개에 얼굴을 묻었다. 어둠 때문에 숨이 막힐 듯했지만 꼼짝 않고 있다가 결국 잠이 들었고 빛으로 가득한 꿈속에 빠져들었다.

로버트는 집에 돌아와 있었다.

계단 꼭대기에 있는 작은 재봉실 안이었다.

밤이었다.

잠들길 기다리는 동안 계단이 삐걱거리는 소리가 들렸다.

계단에서 목소리들이 들려왔다.

고모와 이모들의 목소리였다. "로버트는…… 로버트는 말을 할 수 없어…… 열이……" 클래라 고모, 에셀 이모, 아이린 이모였다. 목소리들은 어둠 속에서 길게 늘어졌지만 그래도 알아들을 만했다. 그들은 한 명씩 번갈아가며 똑같은 말을 되풀이했다.

로버트는 마음이 불편해졌다. 로버트는 담요 가장자리를 움켜쥐며 몸을 돌렸다.

'깃털…… 깃털……'

이제 로버트는 아무 어려움 없이 그 말을 할 수 있었다. 가볍기가 마치…… 하지만 로버트가 어렸을 때는 그렇지 않았다.

'깃털……'

그 단어가 가슴을 파고들었다.

'깃털……'

그 단어는 집 안의 어두운 부분을 긁었고, 계단에서는 웃음소리가 들렸다.

'깃털……'

밤바람이 텅 빈 침대에 로버트를 묶어놓았다. 로버트는 고통의 전조를 느끼며 마지못해 더 깊은 잠 속으로 빠져들었다.

꿈에서 로버트는 방울 소리, 말발굽 소리를 들었다. 단단한 포장도로를 달리는 말발굽 소리…… 로버트는 드레이푸스의 갈색 옆구리가 빛나는 걸 보았다. 드레이푸스의 마구가 갑자기 움직이는 소리를 들었다. 하얗고 결의에 찬 두 얼굴, 보이드와 아이린이 높고 검은 마차에 탄 채 로버트를 지나쳤다. 로버트는 "이모! 이모!" 하고 외치며 두 사람을 쫓았지만 둘은 로버트의 목소리를 듣지 못했다. 그래서 로버트는 마차 뒤쪽으로 올라가려 애쓰며 외쳤다.

"아이린 이모!"

(거칠게)

빙빙 도는 바퀴에

"제 말 들려요, 아이린 이모?"

발이 긴 로버트가 질질 끌려갔다……

몸이 꿈에서 송두리째 튕겨 나왔다. 로버트는 어둠 속에서 일어나 앉았다. 누군가가 로버트를 흔들고 있었다.

"로버트, 얘야, 일어나!"

어머니였다.

"깼어요."

"아니, 그렇지 않아."

"깼다니까요."

"그럼 무슨 일인지 말해주겠니?"

한숨을 쉬며 로버트는 베개에 머리를 누였다. 힘없는 몸 아래에서 침대 스프링이 삐걱거렸다. 몹시 피곤했다.

"모르겠어요…… 나쁜 꿈을 꿨어요."

"네 비명이 내 방까지 똑똑히 들리더구나."

어머니는 어둠 속에서 로버트 위로 몸을 굽혀 이마에 달라붙은 머리카락을 뒤로 넘겨주었다.

"아주 나쁜 꿈이었던 모양이구나."

"네, 맞아요."

잠은 여전히 구덩이처럼 로버트 밑에 있었다.

로버트는 아래를 내려다볼 수 있었다……

어머니가 함께 있어주기만 한다면, 저 구덩이로 곧장 떨어지지 않을 것이고 아까와 같은 꿈도 꾸지 않을 터였다. 하지만 곁에 있어달라고 부탁할 수 없었다. 로버트는 이제 너무 나이가 들었다. 아주 많이.

"이 방 때문인 모양이구나, 로버트."

어쨌든 어머니는 원인을 추측한 듯했다.

로버트는 아무 말도 안 했지만 어머니는 창문으로 가 바람에 덜커덕거리지 않도록 블라인드를 조절했다.

"이 방에서 자는 게 익숙하지 않아서 그래. "

그러고는 돌아오더니 로버트 곁, 침대 가장자리에 앉았다.

로버트는 머리가 맑아졌다.

허파도 더 이상 흥분 때문에 팽창했다 수축했다 하지 않았다.

몸이 진정되고 나자 로버트는 가라앉기 시작했다…… 이제는 두렵지 않았다. 어머니가 옆에 있었고 당장은 방을 나가실 것 같지 않았다. 서두를 필요가 없었다.

하지만 막상 돌아보며 어머니에게 안녕히 주무시라고 인사하려 하자 아무리 애써도 말이 나오지 않았다.

로버트는 너무 깊이 가라앉아 있었다.

어머니와는 너무나 멀어져 있었다.

구덩이 맨 밑바닥에서 로버트는 고개를 돌려 어머니가 원래 있던 곳에 그대로 있는지 확인했고, 어머니가 여전히 침대 가장자리에 앉아 있는 모습을 보았다.

13

로버트는 일어나면 안 되었다. 맥그레거 의사 선생님은 내일, 열이 없다면 일어나도 좋다고 말했다. 하지만 일어나는 건 어렵지 않았다. 침대 가장자리를 잡고 두 팔로 단단히 버티면 괜찮았다. 서 있을 때만 문제가 됐다. 또는 긴 양말을 신으려고 몸을 굽힐 때만 힘들었다. 그때는 살짝 쉬어야 했다. 그리고 신발 끈을 묶다가도 잠시 쉬어야 했다. 마침내 로버트는 고모가 옷을 걸어둔 방 저편 옷장까지 거리를 가늠하며 한 발로 서서 몸을 떨었다. 바닥이 약간 기울어져 있었다. 그렇지만 예상보다 심하진 않았고 쓰러질 정도도 아니었다. 로버트는 속옷과 셔츠를 입었다. 의족 끈을 고쳐 묶는데 참새 한 마리가 날아오더니 창틀 페인트 조각을 쪼았다. 로버트는 두 팔을 힘없이 저어 참새를 쫓았다.

옷을 입고 있는 중에 전화벨이 울렸고 고모의 목소리가 히터 바람구멍을 타고 들렸다. 로버트는 통화 내용에 귀를 기울이며 허리띠를 당겨 채웠다.

"여보세요…… 여보세요, 오빠, 잘 안 들려…… 잘 안 들린다니까. 내 말 들려? 응……"

아버지라는 생각에 로버트는 의자에 앉아 가장자리를 두 손으로 꽉 쥐었다.

"진심은 아니겠지……" 그리고 긴 침묵이 흘렀다. "아니, 하지만 할게…… 그래주길 바란다면 말이야."

잔뜩 긴장해 있는데 딸깍하고 전화기를 내려놓는 소리가 들렸다. 계단이 부드럽게 삐거덕거렸다.

"버니…… 오, 버니……"

로버트가 방문을 열었을 때 클래라는 이미 계단 꼭대기에 와 있었다. 클래라는 로버트를 보고도 놀라거나 화를 내지 않았다.

"이리 오렴, 로버트." 클래라가 말했다. "할 말이 있단다."

로버트는 고모를 따라 할머니 방으로 갔다. 버니가 파자마 차림으로 혼자 있었다. 클래라는 흔들의자에 앉아 버니를 무릎에 앉혔다.

"네 엄마 일이야." 클래라가 말했다.

클래라는 감기에 걸린 것처럼 목소리가 쉬어 있었다. 클래라는 의자를 앞뒤로 흔들기 시작했고, 마침내 눈에 눈물이 차올랐다. 로버트는 몸을 돌려 방을 나갔다.

무슨 일인지 들을 필요도 없었다. 안 들어도 알았다. 지난밤 잠자는 사이, 어머니는 상태가 악화되었다. 의사의 말과는 달리 조금도 가망이 없어졌다. 그러고는 돌아가셨다. 어머니는 돌아가신 것이다.

3부

인생의 나침반이
가리키는 곳

1

만약 길에서 우연히 자신과 마주쳤다면, 제임스 모리슨은 이 불쌍한 인물이 망가질 대로 망가졌다고 생각했을 것이다…… 하지만 제임스는 현관의 거울에는 눈길도 주지 않고 지나갔으며, 그래서 자신이 지난 며칠 사이에 병과 고통과 슬픔과 좌절로 엄청나게 늙었고 또 얼굴은 완전히 잿빛이 되었음을 알지 못했다.

서재 문턱을 넘었을 때 아무것도 바뀐 게 없다는 사실을 깨닫고 제임스는 충격을 받았다. 의자며 하얀 책장, 깔개와 커튼, 심지어 벽난로 위 시계 뒤에 놓아둔 파이프 소제기까지 그대로였다. 모든 것이 그가 집을 나가기 전과 똑같았다. 제임스는 방을 가로질렀고 자기 발소리가 울려 퍼지는 것을 들었다. 그리고 이제 자신이 혼자이며 살아 있는 내내 그 소리를 들어야 한다는 사실을 깨달았다.

소피가 제임스의 외투와 모자를 복도 옷장에 넣은 다음 다가와서 말했다. "편지 온 게 좀 있어요."

"뭐가 있다고?"

"편지랑 청구서가 좀 와 있다고요. 모리슨 씨가 안 계신 동안 도착한 거예요."

"아." 제임스가 말했다.

"탁자 위에 올려뒀어요."

제임스는 그제야 소피를 보았고, 소피 눈이 우느라 빨개진 것을 알아챘다.

"말씀드려야 한다고 생각했어요." 소피가 말했다.

"그래."

"뭔가 중요한 편지가 있을 수도 있으니까요."

"그래, 살펴볼게." 불현듯 제임스는 소피가 왜 그리 달라 보이는지 깨달았다. 치아가 없었기 때문이다. 입이 우묵하게 들어간 탓에 소피는 노파처럼 보였다. "조금만 이따가 살펴볼게."

"방 침대에 이불도 다시 깔아놓았으니 원하시면 방에서 쉬셔도 돼요, 모리슨 씨."

소피는 제임스가 못 들었다는 걸 알고 다시 말했다. "어제 힐러 부인이 디케이터에서 전보를 보내셨어요. 오늘 아침에 와서 집을 열어두라고요. 그리고 블래니 양을 위해 손님방을 준비해두라 하셨어요."

"블래니 양? 아…… 그래. 잊고 있었네. 아니, 사람들이 나한테 말을 안 해줬었나. 하지만 괜찮아. 그래서 처형이 언제 온다고?"

"전보에 다른 말은 없었어요. 블래니 양이 올 테니 손님방을 준비해두라는 게 다였어요. 그리고 카를이 떠날 거예요."

"어디로?"

"어, 카를이 말씀 안 드렸나요, 모리슨 씨? 독일로 돌아가요."

"아마 말했을 거야. 그래, 그랬을 거야. 언제?"

"곧이요. 이틀 뒤에요."

제임스는 두 손으로 눈을 가렸고 어둠이 주는 안도감을 느꼈다. 눈꺼풀이 갈라지고 거칠거칠했다. 벌써 사흘째 잠을 자지 못했다. 다시는 잘 수 있을 것 같지 않았다.

"카를한테 가기 전에 내가 꼭 좀 보잔다고 전해줘."

소피가 고개를 끄덕였다. "카를은 오늘 아침 일찍 여기에 다녀갔어요. 제가 벽난로에 장작을 좀 쌓아달라고 했고요.

그러니 모리슨 씨는 성냥을 그어 불만 붙이시면 돼요."

"잘됐군."

"카를이 다시 오면 만나고 싶어 하신다고 전할게요, 모리슨 씨."

제임스는 편지 뭉치를 집어 들고 의자에 앉았다. "제임스 B. 모리슨 씨…… 제임스 모리슨 씨, 553 W. 엘름 가, 로건, 일리노이…… 제임스 B. 모리슨 부부……" 겉면을 읽고 또 읽었지만 봉투를 뜯어볼 힘도 의지도 없었다. "제임스 B. 모리슨 부부……" 일단 잠시 눈을 감고 의자에 몸을 기대자 두 번 다시 의자 쿠션에서 머리를 들 수가 없었다.

"술에 취한 것 같은 기분이야." 제임스가 말했다.

그러자 아직도 서재에 있던 소피가 대답을 하는 바람에 제임스는 깜짝 놀랐다.

"제가 어릴 때 시골 고향에서 말이죠……"

제임스는 소피의 뒷말을 듣지 못했다. 소피의 말을 제대로 들으려면 소피를 봐야 했다. 눈을 떠야만 했다.

긴장을 풀면, 한자리에 너무 오래 앉아 있으면 제임스는 어느새 자기도 모르게 시내 기차역에 아내와 함께 있었다. 기차가 들어오고 있었다. 디케이터로 함께 타고 갈 기차였다. 기차를 타려는 사람들이 플랫폼을 오갔다. 제임스는 사람들을 밀치고 앞으로 나아갔다. 그때마다 제임스는, 조금만 더 기다렸으면 좋았을걸, 하고 생각했다. 하지만 제임스는 기다리지 않았다. 그게 모든 문제의 발단이었다. 제임스는 남들이 다 기차에 타기 전에 아내와 둘이 탈 자리를 잡으려 애썼다. 그때 뒤로 빠졌더라면, 기차 옆으로 도시 간 열차가 들어오는 광경을 봤더라면, 다른 철로로 들어오는 광경을 봤더라면…… 도시 간 열차의 객차 하나는 거의 텅 비어 있었다. 그 열차를 탔다면 모든 게 훨씬 나았을 텐데 왜 그 생각을 못 했지? 더구나 표는 나중에 내도 됐는데. 그랬다면 병균에 노출되지 않았을 텐데. 하지만 제임스와 아내는 짐가방을 들고 있었고, 모든 사람들이 둘을 앞으로 떠밀었고, 기차는 이미 붐비고 있었다. 이젠 계단을 올라 기차에 타는 수밖에 없었다.

"몸을 돌보셔야 해요, 모리슨 씨." 소피가 말했다. "세 아이를 생각하세요. 만약 모리슨 씨에게 무슨 일이 생긴다면……"

"그래." 제임스가 말했다. "네 말이 맞아." 그러더니 갑자기 벌떡 일어나 편지 봉투를 하나씩 뜯었다. 그리고 벽난로와 창문 사이를 왔다 갔다 하면서 편지를 읽었다. 읽고 또 읽었지만 실제론 내용을 하나도 기억하지 못했다. 이윽고 제임스는 서재 탁자 위에 봉투와 편지들을 던져두더니 벽난로 선반에 어깨를 기대고 서서 꼼짝도 하지 않았다.

지금까지 이틀 동안(동틀 무렵 사람들이 방으로 들어와 그 소식을 전한 뒤로 내내) 제임스는 계속 그 기차를 타고 있었다. 그리고 그 기차에 타지 않을 방법은 전혀 없는 듯했다.

2

관은 거실 퇴창 앞에 놓였다. 제임스는 혼자 있고 싶었지
만 장의사 직원들이 집을 나가자마자 윌프레드가 제임스의
어머니와 버니를 데리고 나타났다.

버니는 흐느끼고 있었다.

제임스는 몸을 숙이고 버니를 무릎 사이로 끌어당겼다. 그
리고 자신의 거친 피부에 보드랍고 촉촉하고 차가운 뺨이
닿는 것을 느꼈다.

"그만, 그만." 제임스가 부드럽게 말했다. "그러면 안 돼.
울지 마. 그러다 또 병날라." 제임스는 아들의 외투에 달린
커다란 단추들과 씨름했다.

"내가 버니한테 고무덧신을 신겼어." 윌프레드가 말했다.

제임스가 진지하게 윌프레드를 보았다.

"버니한테 고무덧신을 신겼다고."

"아…… 고마워."

"천만에." 윌프레드가 말했다. "별일도 아닌데 뭐. 하지만 좌우 신발을 바꿔 신긴 거 같아."

제임스가 고개를 끄덕였다. 사람들이 좀 기다려준다면. 잠시만 혼자 있게 해주면 좋으련만.

"클래라가 오늘 저녁식사 시간이 지난 후에 온다고 전해 달래."

"매제도 외투를 벗어야지." 제임스가 말했다. "현관에 계속 서 있으면 쓰나." 그러면서 제임스는 자기 말이 다른 사람들에게 절망적으로 들렸을까봐, 그리고 멍청한 소리처럼 들렸을까봐 걱정했다.

제임스의 어머니는 두꺼운 모직 스카프를 풀고 흐릿한 눈으로 아들을 바라보았다.

"제임스." 어머니가 엄숙하게 말했다. "그 아이는 더 좋은 곳으로 갔어. 늘 행복한 곳으로 말이야. 14년 전에 네 아버지가 죽었지. 3월에. 하지만 아직도 실감나지 않아……"

그젯밤 일도 그렇습니다. 제임스는 어머니에게 그렇게 말하고 싶었다. 병원에서 아내와 두 칸 떨어진 병실에 있었던 제임스는 목요일 저녁 아내의 상태가 악화되었을 때 밤새 뜬눈으로 귀를 기울였다. 가스등 불빛이 창문 위 가로대 사이로 들어와 천장에 직사각형 구멍을 냈다. 아내가 힘겹게 내쉬는 가쁜 숨소리는 바로 그 구멍을 통해 들려왔다.

"넌 모를 거야. 클래라에겐 말했지만 난 몇 번이나 무릎을 꿇고 하느님께 감사 기도를 올렸단다. 그이를 받아주셔서 감사하다고, 더 이상 고통받지 않게 해주셔서 감사하다고 말이야." 어머니는 월프레드의 도움을 받아 외투를 벗었다. "며칠마다 네 아버지는 지독한 고통을 겪어야 했어. 결국 우리는 그이에게 모르핀을 놔줘야 했지……"

버니가 흐느끼다 말고 고개를 돌려 할머니를 보았다. 제임스는 버니의 외투와 벙어리장갑을 벗겼다.

"소피가 부엌에 와 있어." 제임스가 말했다. "가서 인사하지 않으련?"

아이에게 이런 일을 알게 해서 좋을 게 없었다.

"나는 그이가 죽기만 기다리고 있었어." 아들과 서재로 걸어가면서 제임스의 어머니가 말했다. "그이가 밥을 못 넘기게 됐을 때부터 그날이 올 걸 예상하고 있었지. 그때까지 네 아버지가 버틴 건 다 잘 먹었기 때문이라고 의사가 그랬거든. 그 뒤로 그이는 살이 엄청 빠졌단다……"

제임스는 제발 어머니를 데려가달라고 눈빛으로 애원했지만 윌프레드는 그 눈길을 알아차리지 못했거나 알아줄 마음이 없는 듯했다. 윌프레드는 커다란 의자에 다리를 꼬고 앉아 꼼짝도 하지 않았다.

"네 아버지는 아마 54킬로, 기껏해야 57킬로 정도였어. 뼈하고 가죽뿐이었지. 그렇지만." 어머니는 고개를 돌려 윌프레드가 자기 말을 잘 듣고 있는지 얼굴을 들여다보며 확인했다. "그렇다고 내가 그리 편했던 것도 아니야. 그이를 일으켜 앉히는 일도 힘들었는데 몇 달이나 한방에서 지내며 수발을 들었어. 그이는 다른 사람을 부르느니 그냥 그 방에 누워 고통스러워하는 쪽을 택했지. 그리고 난 그이 곁에 있으면 그이가 괴로워하며 뒤척이는 소리를 들으리라는 사실을 알고 있었어. 네 아버지는 고통스러워했단다, 제임스. 그리고 약을 먹고 잠들었지."

침묵이 흘렀다. 제임스가 말했다. "밴달리아에서 즐겁게 보냈어, 윌프레드?"

"밴달리아? 아, 우리 거기에 안 갔어."

"클래라와 추수감사절 휴가 때 그곳에 간다고 했지 않나."

"그럴 계획이었어. 하지만 그러려면 기차를 타야 했는데 환자가 너무 많이 발생해서 위험을 감수하기 싫었어. 애들 때문에 전화했을 때 클래라한테 이미 다 들은 줄 알았는데."

"그래, 그랬던 거 같군. 아이들은 어땠어? 얌전히 지냈어?"

"로버트가 아팠어."

"이런…… 그랬어?"

"그래, 로버트가 아팠단다." 어머니가 말했다. "엄청 아팠어!"

"독감이었나요?"

어머니가 고개를 끄덕였다.

"어제 아침에." 윌프레드가 말했다. "전화를 끊은 뒤 로버트가 침대에서 일어났어. 아직 그러면 안 되는데 말이야. 의사는 오늘쯤 일어나도 된다고 했었거든. 하지만 클래라가 오전에 의사에게 연락을 했더니 열만 없으면 괜찮다고 하더군. 로버트는 열은 없었어. 어제 일이야. 그러니 내 생각엔 이제 괜찮을 거 같아. 물론 안정은 취해야 하지만."

제임스의 눈에 주머니칼이 힐긋 보였다. 윌프레드가 손톱을 다듬으려 하고 있었다.

"로버트는 버니처럼 심각하게 받아들이는 거 같지 않아. 하긴 나는 늘 버니가 제 엄마를 더 사랑한다고 생각했어." 윌프레드는 한숨을 쉬며 주머니칼을 접었다. "클래라가 말하기로 했지만 깜박 잊을 경우에 대비해 얘기하는 건데, 만약 장례식이 끝나고 아기를 집으로 데려오기 원한다면 우리가 기꺼이 돌볼게."

제임스는 앉은 자세에서 허리를 폈다. "모르겠어." 제임스는 몸이 흔들리지 않도록 두 손으로 조심스레 의자를 잡았다. "아기는 병원에 일주일은 더 있어야 해. 상태는 괜찮아. 하지만 병원에서는 좀 더 지켜보고 싶어 하더군. 그리고 아기가 퇴원하고 나면 나도 어쩌고 싶은지 아직은 잘 모르겠어. 지금까진 생각해볼 시간이 없었거든."

제임스가 그렇게 말하는데 현관문이 열렸다.

"우리는 돕고 싶어. 힘이 닿는 한 모든 면에서." 윌프레드가 말했다.

"정말 고마워."

"상황이 정리될 때까지 말이야." 윌프레드가 말했다.

아이린이 차가운 외풍과 함께 나타났다. 외투는 단추가 반쯤 풀려 있었다. 아이린은 한 명 한 명에게 전부 인사를 건넨 뒤 무표정한 얼굴로 차분히 윌프레드의 발치를 돌아가 서재 창문에 커튼을 쳤다. 제임스는 고마워하며 눈으로 아이린을 뒤좇았다. 아이린은 테이블 램프를 켰고 벽난로 선반의 파란 그릇에서 불을 피울 성냥을 찾아냈다. 버니가 들어왔을 때 방은 밝고 훈훈해져 있었다.

아이린이 버니를 보며 웃었다. "네 마노 있잖니?" 그리고
벽난로 선반에서 파란 그릇을 내리며 말했다. "잃어버렸다
고 한 노란 마노 말인데, 내가 찾아냈단다."

버니는 계속 아이린의 얼굴을 보았다.

"여기 있어."

"아이린 이모." 버니가 말했다. "저 여기 있는 게 너무 싫
어요!" 그러고는 아이린의 외투 안감에 얼굴을 묻었다.

아이린의 얼굴에서 미소가 싹 사라졌다. 무릎을 꿇고 두
팔로 버니를 안은 아이린이 말했다. "다 괜찮아질 거야. 그러
니 울면 안 돼. 알겠니? 울면 안 돼."

버니는 손등으로 눈물을 닦고 그릇과 노란 마노를 건네받
았다.

"알겠어요." 버니가 말하고는 놀기 위해 바닥에 앉았다.

아이린은 일어나서 생각에 잠긴 눈으로, 더는 눈앞이 눈물
로 뿌예지지 않을 때까지 버니를 내려다보았다. 이윽고 아이
린은 제임스 쪽으로 몸을 돌리더니 말했다. "로버트는 언제
집에 오나요?"

"아마 안 올 거야."

"왜요?"

"아팠대."

"알아요. 방금 거기서 오는 길이니까요."

"클래라는 로버트가 집에 오면 안 된다고 생각해요." 월프레드가 입을 열었다. "로버트는 심지어 아직……"

아이린이 말을 가로챘다. "맥그레거 선생님한테 전화했더니 오늘 아침 일찍 로버트를 진찰했다더군요. 원하면 집으로 데려와도 된댔어요…… 하지만 제가 얘기해도 클래라는 들은 척도 안 해요, 형부…… 의사 선생님이 한 말을 모두 전했는데도요. 로버트는 이대로 자기 집에 둘 거라고만 계속 그러는 거예요…… 그래서 고무덧신을 신은 로버트를 창문 앞 의자에 앉아 있으라고 두고 왔어요."

"만약 로버트를 아직 그 집에 두어야 한다고 클래라가 생각한다면." 제임스가 말했다. "그냥 그렇게 하는 게……"

"로버트를 집에 데려오기 싫어요?"

"당연히 데려오고 싶지."

"그러면 제가 전화해서 클래라한테 그렇게 전해도 돼요?"

제임스는 눈을 감았다. "맘대로 해."

제임스는 가능하다면 마음 역시 닫고 싶었다. 아주 피곤했다. 기운이 없었다. 로버트를 데려올지 말지는 자기를 빼놓고 알아서들 결정해도 되지 않나 하는 생각이 들었다.

월프레드의 말에서(가끔씩 나오는 단어나 구절에서) 제임

216

스는 전염병 때문에 교회가 문을 닫지만 곧 다시 열 것이라는 사실을 알게 되었다. 윌프레드는 전염병 자체는 수그러들고 있다고 했다. 이틀 전부터는 새로운 환자가 발생하지 않았다.

제임스는 듣고 싶지 않은데도 귀를 기울였고 아이린이 논쟁을 벌이는 목소리를 들었다.

"알아요, 클래라. 하지만 의사 선생님이 괜찮다잖아요……네…… 네, 형부는 로버트가 집에 오길 원해요……"

윌프레드는 사람들이 전염병 발생지를 추적해 독일 잠수함을 통해 이 나라까지 퍼진 사실을 알아냈다고 말했다.

"네…… 네, 클래라…… 네, 저도 알아요!"

제임스는 고개를 돌려 불편한 듯 아이린을 보았다. 아이린의 얼굴은 창백했다.

"네." 아이린이 아주 천천히 말했다. "네…… 네……"

갑자기 밝고 터무니없는 웃음소리가 터져 모두가 깜짝 놀랐다. 그리고 멈춰야 할 때 멈추는 대신 아이린이 전화기에 대고 웃음을 계속 터뜨리자 사람들은 더욱 충격을 받았다.

3

윌프레드가 아이린의 손에서 전화기를 건네받더니 십오
분 안에 로버트를 준비시켜두라고 클래라에게 말했다. 제임
스는 윌프레드가 그렇게 해준 것을 두고두고 고마워할 터였
다. 에셀은 늦은 오후 기차로 왔고 아이린을 보러 곧장 2층
으로 올라갔다. 어머니와 윌프레드가 가고 나자 제임스는 벽
난로 선반에 놓인 작은 놋쇠시계에서 들려오는 재깍거리는
소리가 사라질 때까지, 그리고 서재가 조용해질 때까지 벽난
로 불을 등지고 서 있었다.

다섯시 반에 로버트가 왔다. 로버트는 한쪽 겨드랑이에는
책을 한 권, 다른 쪽에는 병정이 담긴 상자를 끼고 있었으며
평소보다 더 눈에 띄게 다리를 절었다. 피곤할 때면 로버트

는 걷는 자세에 신경을 쓰지 않았으며 제임스가 그렇게 주의를 주었음에도 성한 다리만 쓰고 의족은 뒤로 질질 끌며 걸었다.

로버트는 아버지와 정중하게 악수를 하고는 병정과 책을 서재 탁자 위에 놓았다. 그러고는 창가로 가서 앉았다.

"몸은 좀 어떠니, 애야?"

"괜찮아요." 로버트가 말했다.

"힘이 없어?"

"네."

"나도 그렇구나. 한동안은 조심해야 해. 우리 둘 다."

두 사람은 시선을 마주쳤고, 이 집에서 언급하면 안 되는 뭔가가 있음에 서로 동의했다. 제임스가 보기에 현 상황에서 가능한 한 최선의 해결책은 클래라가 아기를 데려가는 것밖에 없었다. 그리고 아이들도. 제임스는 집을 돌볼 수 없었기 때문이다. 그건 확실했다. 그대로 두고 싶은 가구는 창고에 보관해야 할 것이다. 그런 가구는 얼마 안 되었다. 제임스는 엘리자베스와 달리 고가구에 관심이 없었다. 나머지는 팔 작정이었다. 집 역시 적당한 가격에 팔 생각이었다.

윌프레드는 큰 애들까지 돌봐주겠다고는 하지 않았지만 아마도 그렇게 해주리라. 클래라에게는 매달 아이들을 먹이고 입히기에 충분한 돈을 줄 생각이었다. 윌프레드든 누구든 다른 사람이 자기 아이들을 돌보느라 돈을 쓰게 하고 싶지 않았기 때문이다. 그리고 제임스는 근처에 방을 하나 얻을 생각이었다. 아마도 아이들에게 클래라의 집은 편하지 않겠지만 제임스가 좀 더 나은 방법을 찾을 때까지는 그곳에서 지내야 할 터였다.

길게 보았을 때 아이들을 낳은 것은 실수였다. 제임스는 아이들을 이해하지 못했다. 아이들이 무슨 생각을 하는지 안 적이 한 번도 없었다. 하지만 어쨌든 그건 엘리자베스의 몫이었다. 아이들을 원한 건 엘리자베스였다.

아이들과 잘 지내는 남자들도 있다. 이를테면 톰 맥그레거가 그랬다. 아이들은 방이 사람들로 가득할 때도 제임스에게 와 이것저것 졸라대 진이 빠지게 했다. 어릴 적에 버니와 로버트는 귀가 아플 때면 가끔씩 제임스에게 귀에 시가 연기를 불어 넣어달라고 했다. 버니는 지금도 그랬다. 하지만 아주 자주는 아니었다. 만약 딸애들이었다면 이야기가 달랐을지도 모른다. 제임스는 어린 여자애들을 훨씬 편하게 느꼈다. 여자애들은 제임스 무릎에 앉아 회중시계 사슬을 가지고 놀았다. 게다가 제임스가 내는 수수께끼를 정말 좋아하는 듯했다. 로버트와 버니는 카인과 아벨처럼 늘 다투고 싸웠다.

그래서 둘을 돌봐야 할 때면 대개 서로 떼어놓고 각자의 장난감을 가지고 놀게 했다. 한데 이젠 아내가 없으니…… 제임스는 현관으로 가서 한참 동안 우산 보관대를 물끄러미 바라보았다. 엘리자베스가 없으니 상황은 제임스가 통제할 수 있는 수준을 벗어나버렸다.

두 번째로 현관까지 걸어갔을 때 제임스는 하얀 기둥 사이를 지나 거실로 갔다. 그리고 반대편에 있는 문을 통해 서재로 갔다. 만약 돌아갈 수만 있다면, 지난 열흘 동안 있던 모든 일을 기억해낼 수만 있다면, 그렇다면 어쩌면(물론 멍청한 생각이었지만 그래도 자꾸만 그런 생각이 들었다) 이미 일어난 일을 바꿀 수 있을지도 몰랐다.

제임스는 지금까지 아팠던 적이, 심하게 아팠던 적이 한 번도 없었다. 그런데 독감으로 앓아누운 동안 제임스는 한 번도 자기 뜻을 관철할 수가 없었다. 사람들은 심지어 제임스가 일어나 아내의 병실로 가서 아내를 보는 것조차 막았다. 단 한 번, 지난 수요일 오후만 빼면 말이다.

간호사가 의자를 가져다주더니 침대에서 꽤 떨어진 곳에 제임스를 앉혔다. 부인분은 상태가 호전되었어요. 간호사가 말했다. 하지만 제임스는 아내가 숨 쉬는 걸 무척이나 버거워한다는 사실을 한눈에 알 수 있었다. 엘리자베스는 온 힘을 다해 숨을 쉬는 듯했다.

제임스는 베개에 흐트러진 아내의 머리카락을 보고 처음
그녀를 본 순간을 떠올렸다. 아내는 트레몬트 가에서 조그만
조랑말 마차를 몰고 있었고, 마차에는 커다란 파란색 리본을
머리에 맨 어린 여자애 둘이 타고 있었다.

제임스는 몸을 숙여 그날 트레몬트 가에서 만난 일을 기억
하느냐고 물으려 했지만 바로 그때 간호사가 들어왔다. 간호
사는 하얀 담요에 싼 아기를 안고 있었다. 엘리자베스가 천
천히 특유의 웃음을 지으며 말했다. "봐요, 제임스, 오줌싸개
소년이 한 명 더 생겼어요……"

4

제임스는 거실을 지나갈 때마다 소파 혹은 집 뒤쪽으로 통하는 프랑스식 창문을 보려 애썼다. 그럼에도 퇴창 쪽으로 이끌리는 건 어쩔 수가 없었다. 제임스는 더는 가까이 갈 수 없을 때까지 그쪽으로 갔다. 회색 관에는 은색 손잡이가 달려 있었다. 관 속에 누운 이가 정말로 엘리자베스라면, 관 속에 누운 엘리자베스를 보게 된다면(그녀의 갈색 머리와 이마와 목선을 보게 된다면) 과연 자신이 어떤 행동을 할지 모르겠다고 제임스는 생각했다.

몇 발자국 떨어져 서 있는데도 심장이 기계처럼 거세게 뛰었다. 저녁 드시라고 소피가 두 번이나 외치고서야 제임스는 소피의 말을 알아들었다.

에셀과 아이들이 식당에서 제임스를 기다리고 있었다.

"내가 음식을 나눠줘도 될까, 제임스?" 에셀이 물었다.

제임스는 어리둥절한 표정으로 에셀을 보았다. 에셀은 학교 선생님이 하듯이 또박또박 발음했다.

"음식은 늘 제가 나눠줍니다." 제임스가 말했다.

"그래, 하지만 혹시라도 몸이 좋지 않을 수 있으니까. 그럴 경우에는……"

"전 괜찮습니다." 제임스가 말했다. "멀쩡하다고요."

다들 자리에 앉았다. 에셀은 엘리자베스의 자리인 식탁 끝에 앉았다. 제임스는 에셀과 함께 있을 때면 말하다 문법적 실수를 하지 않으려 자기도 모르게 전전긍긍했다. 제임스 생각에 자신은 보통 사람들처럼 말했다. 남들과 다를 바 없이. 하지만 에셀은 동부에서 학교를 다녔다. 브린 모어 대학을 나왔으며 결코 결혼할 마음이 없는 듯했다. 지금보다 젊고 머리가 세지 않았을 때 에셀은 매력이 넘쳤다. 에셀이 원하면 사귈 수 있던 남자도 제임스는 몇 명이나 알았다. 하지만 에셀은 여자치고는 교육을 너무 많이 받았고 그 남자들 가운데 누구도 원하지 않았다.

"이건 처형에게 드려." 이렇게 말하고 접시를 내민 제임스는 그 접시를 받는 소피가 자기 입매에 무척 신경을 쓴다는 사실을 깨달았다.

"비용이 얼마나 들까, 소피?" 자신이 앉은 쪽으로 소피가 다시 왔을 때 제임스가 물었다.

"네, 모리슨 씨?"

"네 치아 말이야."

"정확히는 모르겠어요." 소피가 얼굴을 확 붉히며 말했다. "50달러 정도겠죠." 소피는 버니의 접시를 제임스 앞에 놓았다. "얼마나 들지 미리 알았다면 뽑지 않았을 거예요. 밤낮으로 너무나 아팠어요……"

"잘한 거야. 난 그렇게 생각해." 에셀이 말했다. "그리고 로버트에게 물 좀 더 따라줘."

제임스는 자신이 뭔가 하지 말아야 할 말을 하거나 잔인한 말을 한 건 아닌가 싶었다. "새 치아를 할 때가 되면 알려줘, 소피. 내가 좀 보태줄 수 있을 거야." 제임스는 고기 써는 칼을 집고 날을 갈기 시작했다. 소피는 그 옆에 서서 고마운 마음에 아무 말도 못 하고 그저 앞치마 가장자리만 잡아당겼다.

로버트에게 음식을 가져다준 소피가 다시 한 번 제임스가 앉은 자리로 왔다.

"카를이 와 있어요……"

제임스가 냅킨을 펼쳤다.

"식사가 끝나는 대로 간다고 말해줘." 제임스가 말했다.

소피가 스윙도어를 통해 나가자 제임스는 칼과 포크를 집었다. 그러고는 음식을 먹으려 했지만 목에 걸려 넘어가지 않았다. 제임스는 자기 접시에 놓인 음식을 건드리지 않고 그냥 앉아서 아들들을 지켜볼 수밖에 없었다. 아이들은 너무나 어려서 식욕과 슬픔을 뒤섞지 않았다.

로버트는 식탁에서 뭔가를 건넬 때 늘 아무 말도 하지 않았고 고개 한 번 들지 않았다. 방해받는 건 도저히 못 참겠다는 듯한 태도였다. 버니는 음식을 먹을 때 눈으로 뭔가(지금은 접시 가장자리였다)를 뚫어져라 보았고 마음이 어디에가 있는지 알 수가 없었다. 그래서 식사 중엔 말 걸기가 힘들었다.

"처제는 어때요?" 제임스가 물었다.

"쉬고 있어. 내가 아이린의 이마에 물수건을 좀 올려줬어. 그런 일을 겪었는데 달리 해줄 수 있는 게 별로 없네."

엘리자베스가 전에 말하길, 어릴 때 에셀은 희고 깨끗한 긴 양말에 흙이 묻으면 잠시도 견디질 못했다고 했다.

뭔가 딴생각에 잠겨 있던 버니가 정신을 차렸다.

"정말인가요, 에셀 이모? 정말로 아이린 이모가 돈 때문에 보이드 힐러 이모부랑 결혼했어요?"

그러자 주위가 쥐죽은 듯 조용해졌고, 방 두 개 건너 현관에 있는 커다란 시계가 퉁명스레 똑딱거리는 소리까지 들리기 시작했다.

"아니, 애야, 그건 사실이 아니야." 제임스가 말했다. "그리고 그런 소릴 하면 못써. 내 말 알아들었니?"

버니는 고개를 끄덕였다. 만약 에셀이 눈을 번쩍이며 몸을 앞으로 숙이지 않았더라면 계속 음식을 먹었을 것이다.

"누가 그런 말을 하디, 버니?"

"그냥 버니가 지어낸 말일 겁니다." 제임스가 말했다.

"지어낸 거 아니에요. 할머니가 어맨다 매슈스한테 그렇게 말했어요."

로버트가 딸그락거리며 포크를 내려놓았다.

"어맨다 매슈스가 누구지?" 에셀이 물었다.

"그저께 밤에 클래라 고모 집에서 일요 성경학교를 열었는데, 거기 왔던 여자예요."

에셀은 제임스를 보며 묘한 웃음을 지었다.

"자, 뭐라고 들었든 간에." 에셀이 말했다. "네가 잘못 알고 있는 거야. 네 할머니가 그런 말을 했을 리 없어."

"하지만 정말인데요, 에셀 이모. 아이린 이모가 결혼하고

싫어 한 남자는 따로 있었지만 외할머니가 보이드 이모부를
좋은 사람이라고 밤낮으로 읊었대요. 할머니가 그랬어요. 왜
냐하면 프린스턴을 졸업했고……"

"버니, 그만."

다른 철로에서, 도시 간 열차가 기차 옆으로 들어오고 있
었다. 그래서 제임스는 다시 말을 할 수 있을 때까지 잠시 기
다려야만 했다.

"넌 그때 뭘 하고 있었는지 말해줄래?" 제임스가 물었다.

"쟨 소파에 있었어요." 로버트가 불쑥 끼어들었다. "거실
에서요. 자는 척하면서요."

"너한테 뭔가 알고 싶은 게 생기면 그땐 너에게 물어보마,
로버트…… 이제 둘 다 방으로 가거라. 어서."

오늘 저녁 둘이 친 사고는 이 정도면 충분했다. 이 일만으
로도 몇 달은 골치 아플 것이고, 오늘 이 대화 내용이 아이린
의 귀에 들어가면 더욱더 큰 문제가 생길 터였다.

"어허." 제임스가 말했다. "왜들 안 가고 있는 거지?"

아이들이 나가자마자(로버트는 상처를 입은 듯했고 버니
는 다시 눈물을 글썽였다) 제임스는 자신을 사로잡은 이미
지를 곰곰이 생각해보기 시작했다. 환자가 그렇게 많고 사방
에 전염병이 퍼진 상태였으니 도시 간 열차에도 독감 환자

가 탔으리라 보는 게 이치에 맞았다. 붐비는 기차가 아니라 도시 간 열차에 탔어도 제임스와 엘리자베스는 독감을 피할 수 없었으리라. 그러니 이런 식으로 자신을 고문해봤자 무슨 소용이 있단 말인가? 무슨 도움이 된단 말인가?

"아이들을 그냥 있게 두고 디저트나 먹이지 그랬어." 에셀이 식탁 맞은편에서 말했다.

"내 자식들입니다, 처형." 제임스가 말했다. "난 내가 최선이라고 생각하는 방식으로 저 애들을 다룰 겁니다."

5

윌프레드는 저녁식사가 끝나자마자 클래라와 함께 돌아갔다.

"말도 안 돼." 클래라가 말했다. "그냥 도저히 말이 안 돼! 그렇게 젊었는데, 살면 얼마나 살았다고!"

제임스는 무슨 말을 해야 할지, 또는 사람들이 자신에게 기대하는 대답이 뭔지 가늠할 수가 없었다. 하지만 저녁이 깊어질수록 찾아오는 이들이 늘어났고(라이먼과 아멜리아 셰퍼드, 모드 아렌스, 힝클리 가족, 매킨타이어 가족, 로이드 가족) 서재는 조문객으로 가득 찼다. 그리고 그즈음 제임스는 그 일에 대한 이런저런 표현에 어느 정도 익숙해졌다. 제임스는 사람들이 관용어나 비슷한 말을 되풀이하는 게 아니라 진심으로 말을 건네는 것이 어리둥절했다. 사람들은 눈물을 글썽이며 말했다. "상심이 크겠어요. 그렇게 세상을 뜨다니 너무나 안타까워요……" 조문객이 너무나 많이 왔기 때문에 모두가 제임스와 이야기를 할 수는 없었다. 그러자 사람들은 마치 그러기 위해 왔다는 듯이 정중하게 물러섰다. 조문객들은 평화 조약과 고깃값에 대한 토론을 벌였다. 이제 겨우 겨울의 시작일 뿐인데 12월치고는 혹독한 날씨 이야기도 했다.

제임스는 대화에 적당히 흥미를 보이려 애썼지만, 새로운 사람들이 방으로 들어올 때마다 힐긋거리지 않을 수가 없었다. 기묘한 생각이 머리를 스치고 지나갔다. 서로 앞다투어 자기 말을 하려 들지 않는 점만 빼면 사람들은 마치 파티를 하러 이곳에 온 것 같아 보였다. 조문객들이 집을(엘리자베스의 집을) 차지하고 즐거운 시간을 보내고 있었다.

클래라와 윌프레드가 집으로 돌아갔고, 이윽고 셰퍼드 가족이, 그리고 매킨타이어 가족이 제임스가 알아채지 못하는 사이에 떠났다. 공기는 담배 연기로 탁해졌다. 잠시 뒤 제임스는 더 이상 자신이 듣는 척할 필요조차 없다는 사실을 깨달았다. 마침내 기쁘게도 열한시가 되었고, 모두가 각자 집에 가려고 일어났다. 존스턴만이 예외였는데, 사무실에서 제임스의 우편물을 가져온 그 젊은이는 도무지 자리를 뜰 줄 몰랐다.

존스턴이 사무실 돌아가는 상황과 확정 손실의 보험 액수
결정에 대해 얘기를 늘어놓는 동안, 제임스는 손을 몸 왼쪽
에 대고 앉아 있었다. 그러다 이제까지 한번도 생각해보지
못한 사실을 깨달았다. 며칠 동안 잠을 자지 않고도 정신이
아주 말짱하다는 점만 빼면 특별히 자신이 이런 일을 겪어
야 할 이유가 없었다. 하지만 이상하게도 제임스는 조끼 아
래로 자기 심장이 뛰는 소리를 들을 수 있었다. 심장은 시계
처럼 정확히 박자를 맞춰 뛰었다.

"막 시카고에서 왔습니다." 누군가의 목소리가 들렸다. 못
알아들을 수 없는 목소리였다. 제임스는 벌떡 일어나 현관
으로 갔지만 이미 너무 늦었다. 보이드 힐러가 와 있었다. 보
이드는 벌써 현관문 안으로 들어와 에셀과 이야기를 나누는
중이었다. 늘 그랬듯 잘생긴 얼굴에는 피곤함이 배어 있었
다. 예의 바르게 굴려 애쓰는 것처럼 보인다는 점을 빼면 보
이드는 조금도 변하지 않았다. 에셀이 계단을 오르자 보이드
는 고개를 돌려 문간에 있는 제임스를 보았다.

"오랜만이야." 보이드가 말했다.

옛날에, 제임스는 의식을 잃은 로버트를 안은 보이드 힐러
와 마주한 적이 있었다. 그리고 나중에(몇 년 뒤에) 제임스

는 보이드의 면전에서 문을 닫았다. 보이드의 아주 정중한 태도는 그가 그 두 사건을 기억하고 있음을 의미했다.

제임스는 생각했다. 어떤 가족이든 다 이런 식이야. 영원히 잊히는 건 절대 없지.

현관에는 창가에 소파 하나가 있을 뿐이었다. 두 남자는 그대로 서 있었다. 불편할 정도로 긴장감이 고조되자 제임스가 입을 열었다. "지금은 시카고에 사나?"

"잠시."

보이드가 목청을 가다듬었다.

"하지만 지난 2년 동안 주로 뉴욕에 머물렀어. 증권 거래를 하며 살아."

"재미있겠군." 그렇게 말하며 제임스는 보이드가 장난삼아 비누를 미끼 통에 넣던 시절을 우울하게 떠올렸다.

"금세 익숙해져."

"그래, 그렇겠지."

아이린이 노란 꽃무늬가 있는 녹색 기모노를 입고 계단을 내려왔다.

"뭐든 익숙해지는 법이지." 제임스가 말했다.

계단 맨 아랫단까지 내려온 아이린은 그곳에 선 채 보이드를 기다렸고, 보이드는 짙은 빨간색 깔개 가장자리에서 아이린을 기다렸다. "내가 얼마나 충격을 받았고, 얼마나 애석한 마음인지 말로 표현할 수가 없군!"

아이린이 마지막 계단을 내려오더니 보이드와 엄숙하게 악수를 했다.

"아팠구나." 아이린이 말했다.

보이드가 고개를 끄덕였다.

"독감?"

"가벼운 거였어. 호텔로 돌아갔을 때 당신 메모를 봤어. 그래서 여기 온 거야."

제임스는 이제 무슨 일이 있었는지 이해했다. 집에서 아이들을 돌봐주기로 한 약속을 깨고 아이린이 시카고로 갔던 이유를 깨달았다. 사실 의심의 여지가 없었다. 제임스는 엘리자베스를 아는 만큼이나 아이린을 잘 알았다. 아이린은 천성적으로 아주 충동적이었으며 쉽게 흥분했다. 순간의 기분에 따라 결정을 내리고는 남은 평생 내내 후회했다. 지금 표정만 봐도 아이린이 보이드 힐러와 다시 한 번 불행한 삶을 되풀이할 작정이란 게 빤하디 빤했다. 제임스는 생각했다. 그러고 싶으면 그러라지. 나랑 무슨 상관이야. 제임스는 몸을 돌려 서재로 돌아갔다.

6

아이린이 입은 기모노의 꽃무늬는 아이린의 머리 색깔과
거의 비슷했지만 아주 똑같지는 않았다. 그리고 제임스는 사
람들이 뭐라든 그 결혼이 돈 때문은 아니었다고 결론지었다.
아이린은 돈 때문에 보이드와 결혼한 게 아니었으며 돈 때
문에 보이드에게 돌아가는 것도 아니었다. 현재 보이드에 대
한 아이린의 감정까진 모르겠지만 한때는, 둘이 그렇게 다투
기 전까지는 아이린은 보이드를 좋아했다. 결혼식 날 아이린
은 거울을 깼고 아마도 그 때문에 둘의 결혼 생활이 망가졌
을 것이다. 불운이 가장 큰 원인이었을 것이다.

어째서인지 아이린이 차분하고 평범한 삶을 산다는 건 불
가능해 보였다. 어딜 가든 아이린이 있는 곳엔 흥분이 따라다

녔다. 이제 아이린은 기모노 주름 장식을 모아쥐고 벽난로 쪽으로 몸을 숙였고, 두 눈을 반짝였다. 머리카락 역시 반짝거렸다.

"가끔은 우리가 우리의 앞일을 아는 것 같아요." 아이린이 말했다. "아무 의미 없어 보이는 것들이 갑자기 다 들어맞게 되곤 하거든요…… 우리는 위층에 있었어요, 형부. 형부 침대에요. 엘리자베스 언니는 머리를 정돈하고 있었어요. 전 침대에 앉아 언니를 보다가 말했죠. '언니, 무슨 머리 손질을 그렇게 복잡하게 해?' 그러자 언니는 손을 멈추고 거울로 저를 보며 말했어요. '그러게 말이야. 나도 내가 죽으면 누구도 날 위해 이렇게는 못해주겠구나 생각하던 참이었어.' 전 언니보고 그런 말 말라고 했어요. 터무니없는 말이다, 누가 얼마나 오래 살지는 아무도 모르는 일이라고요. 하지만 언니는 물고 있던 머리핀을 입에서 빼며 말했어요. '길어봤자 3년이야.'"

제임스는 의자에서 일어나 걷기 시작했다. 아이린이 한 말을 믿을 수도 없고 믿고 싶지도 않았다. 엘리자베스가 바로 옆에 누워 있으면서 속으론 자신이 죽고 없을 때 무엇을 어떻게 할지 계획하고 정했다는 사실을 믿을 수가 없었다. 엘리자베스는 다른 사람들에겐 속내를 숨겨도 제임스에게만은 진실했다. 예를 들어 엘리자베스가 로버트의 사고에 대해 아직까지도 얼마나 마음 아파하는지는 아무도 알지 못했다. 밤이 되면 제임스의 팔에 안겨 얼마나 흐느꼈는지 사람들은 몰랐다. 만약 죽음에 대한 예감이 엘리자베스의 삶에 어두운 그림자를 드리웠다면 제임스가 몰랐을 리 없었다. 엘리자베스는 제임스에게 그런 걸 숨길 수 있는 사람이 아니었다.

"누가 죽으면 다들 그런 걸 기억해내." 제임스가 말했다. "딱 그것만 기억하고 다른 건 기억 못 하는 거야. 흔해빠진 미신이지. 식탁에 열세 명이 앉아 있었다거나 개가 울부짖었다거나 집 안에 새가 있었다거나 하는 유의."

"새가 있었어요." 아이린이 말했다. "버니가 아팠을 때 그 애 방에 새가 있었다고요. 형부한테는 말하지 않았어요. 말하면 걱정할 걸 알았으니까요. 새 때문이 아니라 조치를 취하기에는 너무 늦은 뭔가 때문에요. 사실 제 잘못이었어요. 엘리자베스 언니는 로버트더러 빗자루를 찾아오라고 시켰어요. 그러곤 그만 너무 흥분한 나머지 우리 둘 다 깜박하고 버니가 있는 방으로 들어갔어요. 곧 방으로 돌아온 로버트가 언니가 버니 침대 가장자리에 앉아 있는 모습을 봤죠…… 그 뒤로 로버트는 만약 어머니에게 무슨 일이 일어난다면 자기 탓이란 생각을 쭉 했어요. 전혀 모르고 계셨죠, 형부? ……오늘 밤, 애들이 침대에 있을 때 둘을 보러 갔었어요. 애들이랑 언니 이야기를 잠시 했는데 놀랍게도 로버트가 갑자기 울음을 터뜨리더니 자기 속마음을 털어놨어요. 형부, 로버트를 잘 살펴봐야 해요. 평소보다 얘기도 많이 나누고 그 애가 하는 말의 속뜻을 잘 파악해야 해요. 로버트도 이제 알 건 다 아는 나이니까요…… 전 로버트에게 바이러스에 노출되면 사흘 안에 독감에 걸린다고 설명해줬어요. 그리고 그 애가 걱정하던 일은 언니가 독감에 걸리기 몇 주 전에 생긴 일이라고도요. 제 말을 믿었는지 어쨌는지는 모르겠어요. 아마 믿었을 거예요. 그렇게 된 일이에요. 아시겠죠? 이제 로버트를 주의 깊게 살필 언니가 없어요…… 그리고 우리모두 각자의 악몽에 시달리고 있고요. 로버트만 힘든 게 아니에요."

제임스는 묘한 표정으로 아이린을 보면서 혹시 아이린이 도시 간 열차에 대해 아는 건 아닐까 생각했다.

"자꾸 생각하게 돼요." 아이린이 말했다. "지난 몇 주 동안제가 얼마나 이기적이었는지요. 계속 보이드만 생각하면서그이와 다시 합칠 수 있을까만 고민했어요. 언니 일은 좀 당연한 듯이 여겼어요. 원래 그런 거라고 생각했어요. 한 사람으로서 저는 언니에게 상대가 안 돼요. 언니만 한 사람이 정말 없어요…… 예전에 우리 집에서 요리해주던 아주머니가 많이 편찮으셔서 언니랑 같이 병문안을 간 적이 있었거든요. 10번가의 낡은 집에 살았는데 집이 엄청 더러웠어요. 나중에 그 집을 나온 뒤에 언니는 저한테 불같이 화를 냈어요. 언니가 그랬죠. '아이린, 그 집에서 아무것도 안 건드리려고 치맛자락을 그러모으는 거 다 봤어! 어쩜 애가 그러니?'……언니는 아주머니가 누워 있던 침대 옆에 앉아 손도 잡아드렸거든요."

제임스는 한숨을 쉬었다. 그날 제임스도 두 사람과 함께 있었다. 엘리자베스와 제임스가 결혼하고 얼마 되지 않았을 때였다. 제임스는 두 사람과 함께 10번가의 그 더럽고 허름한 집에 갔다. 하지만 아이린은 기억하지 못했다. 아이린은 엘리자베스가 겪은 힘든 일에 대해 이야기했다. 아마도 스스로는 도저히 말할 수 없는 이야기를 피하기 위해서였을 것이다. 두 사람은 늘 친구였고, 친구 사이에는 말하지 않아도 둘 다 이해하는 일들이 있으며 그건 굳이 입 밖으로 꺼낼 필요가 없었다. 아이린은 지금 하는 이야기를 통해 모두를 이토록 심한 괴로움에 빠뜨린, 급격히 변해버린 계획들에 대해 나름 이야기 중인 것이었다. 만약 이런저런 단점이 있는 클래라만 없었다면, 아니 단점이 아주 많은 클래라만 없었다면, 아니 그래도……

"그리고 더 있어요, 형부…… 해야 할 말이 더 있어요. 엘리자베스 언니는 아파하던 마지막 순간, 손을 움직여 보였어요. 마치 뭔가 쓰고 싶어 하는 것 같았어요. 제가 말했어요. '원하는 걸 말해, 베스 언니. 그러면 그대로 해줄게……'"

제임스는 일어나 창가로 가 창문을 활짝 열었다. 그러자 외풍을 막기 위해 틈 사이에 끼워둔 작고 하얀 종이가 날려 방에 흩어졌다.

"'아기에 대한 거야.' 엘리자베스 언니가 말했어요. '모리슨 가 사람들이 아기를 키우게 하고 싶지 않아.'"

공기는 제임스가 생각했던 것처럼 차갑지 않았지만 밖은 깜깜했고 눈으로 가득했다.

7

제임스가 식기실에서 부엌으로 통하는 문을 열었을 때 보이는 건 오직 어둠뿐이었다. 제임스는 카를이 기다리다 지쳐 돌아간 게 전혀 이상하지 않다고 생각했다. 벌써 열한시가 넘었는데, 원래는 식사가 끝나자마자 보러 오겠노라고 약속했기 때문이다.

식사 자리에서 일어난 소동 탓에 제임스는 다른 일을 모두 까맣게 잊었다. 그리고 사람들이 오기 시작했다…… 에셀에겐 더 말할 필요가 없었다. 에셀은 좋은 사람이었고, 제임스는 에셀을 좋아했다. 하지만 제임스가 참을 수 없는 일이 하나 있다면 그건 바로 자신의 일에 누군가가 끼어들어 이래라저래라 참견해대는 것이었다…… 제임스는 손으로 더듬

거리며 식탁을 지나 램프 전선을 찾았다. 소피는 평소처럼 부엌을 완벽하게 정돈해놓고 떠났다. 몸을 돌려 현관 쪽으로 가려는데 밖에서 뭔가 긁는 소리가 들려 문을 열어보니 어둠 속에서 두 눈이 반짝이며 제임스를 올려다보았다. 올드 존이 비틀거리며 문간을 넘어왔다.

"네가 밖에 있다는 걸 다들 잊어버린 거야, 친구?" 제임스가 말했다.

개는 나무라는 듯한 눈으로 제임스를 바라보았다.

이제 시작이로군. 제임스가 생각했다. 제임스의 집은 이제 궁극적으로, 그리고 완전히 분해되고 있었다. 눈길 가는 곳마다 그런 흔적이 나타날 것이다. 엘리자베스가 죽고 없으니 모든 것은 이제 엉망으로 돌아가리라…… 제임스는 고개를 숙이고 개의 차가운 옆구리 털에 얼굴을 묻었다(누구 하나 신경 쓸 사람도 없었다). 올드 존이 가볍게 낑낑거렸다.

제임스는 생각했다. '왜', 왜 나는 이런 짓을 하는 걸까? 제임스는 즉시 일어나 서서 개가 레인지 옆에 편안히 자리 잡을 때까지 기다렸다. 그런 다음 불을 끄고 왔던 길을 되돌아갔다. 식기실을 거쳐 식당을 지나 서재를 돌아 현관으로 갔다. 서재에 이웃집에 사는 쾨니히 씨가 혼자 와 있었다. 계단의 다섯 번째 단에서 잠시 동작을 멈춘 제임스는 사람들이 왜 죽은 이와 밤새 같이 있는지를 떠올려보았다.

이윽고 제임스는 계단을 올라 2층 복도를 가로질러 엘리자베스와 함께 쓰던 침실로 갔는데, 옷장에 걸린 아내의 원피스를 본 순간 앞이 안 보이고 온몸이 마비될 정도로 큰 충격을 받았다. 간신히 기운을 차린 제임스는 재빨리 옷장 문을 닫고 반대편에 걸린 길고 서늘한 거울에 이마를 댔다.

새틴

레이스

갈색 벨벳

그리고 희미한 제비꽃 향

제임스의 연인이 남긴 것은 그게 전부였다. 그 사실에 화가 난 제임스는(엘리자베스가 제임스에게 뭔가 말을 남길수도 있었는데 그러지 않았기 때문이다. 오직 아기에 대한말만 남겼다는데 제임스는 그 말을 전혀 믿지 않았다) 방을돌아다니며 엘리자베스의 솔빗이나 상아거울 또는 스멜링솔트가 담긴 작은 병을 집었다가 다시 내려놓았다. 서랍을하나씩 열어보며 작고 사적인 물품을 모았다. 머리핀, 향주머니, 분을 흠뻑 묻힌 스펀지, 득점표, 장식용 술, 호박옥을꿴 줄 따위였다. 그것들을 화장대 위에 한데 쌓았다. 엘리자베스가 맘대로 자기 인생에서 날 제쳐놓았기 때문이야. 제임스는 혼잣말을 했다.

제임스는 방 한가운데 서서 앞뒤로 몸을 흔들었다. 그러자 엘리자베스가 죽기 전 잠시 동안 내쉬던 끔찍한 숨소리가 들렸다…… 집을 팔아야겠어. 제임스는 잊지 말아야 할 교훈이라도 되는 양 그 생각을 하고 또 했다. 내일 때가 되면 다시 이 교훈을 읊으며 되새길 참이었다. 그리고 클래라가 아이들을 원하니 데려가게 할 생각이었다. 그 밖의 모든 것, 그러니까 엘리자베스의 옷, 자수정, 진주(이것들도 몽땅 화장대 위에 쏟아두었다), 약혼반지, 에나멜 입힌 시계 등은 에셀과 아이린과 소피에게, 그리고 누구든 그간 친절하고 고맙게 대해준 사람들에게 나눠줄 생각이었다. 이제 엘리자베스는 죽고 없었기 때문이다. 그렇게 하고 나면 엘리자베스의 흔적은 어디에도 남지 않을 터였다. 그런 사람이 있었다는 사실조차 모르게 될 거야. 제임스는 혼잣말을 했다. 그리고 문간으로 몸을 돌린 제임스는 버니가 엘리자베스와 똑 닮은 겁먹은 눈으로 자신을 바라보는 것을 깨달았다.

8

버니에게 물을 한 잔 주고 침대로 데려가 이불을 덮어준 뒤 제임스는 아래층으로 내려가 집 밖으로 나갔다. 바람은 잦아들어 있었다. 현관 앞 보도에는 눈이 3센티미터 정도 쌓여 있었다. 눈은 제임스의 외투 소매와 장갑 낀 손 위로 하염없이 내렸으며, 가로등 주위에서도 소리 없지만 격렬하게 소용돌이쳤다. 나무들은 갈래마다 눈이 쌓여 있었고, 가지들은 하얀 눈 때문에 하나하나가 또렷하게 보였다. 위를 올려다보자 밤하늘이 깜깜했다. 촉촉한 눈이 얼굴로, 벌린 입으로 떨어졌다.

제임스는 평생 날마다 해왔듯이 계단을 내려와 집 밖으로 나왔지만 이번에는 달랐다. 제임스는 돌아가지 않을 터였다.

다시는 저 텅 빈 집에 들어가지 않을 터였다. 이 보도 위에서 제임스는 혼자였다(눈이 어찌나 펑펑 쏟아지는지 3미터만 떨어져 있어도 사람을 분간하기 힘들 지경이었다).

눈이 방향을 바꿈에 따라 제임스는 왼쪽으로 몸을 돌렸다. 그리고 첫 번째 이웃집인 쾨니히 씨네 집을 지나 두 번째인 미첼네 집을 지나고 다시 세 번째 집을 지났…… 제임스가 있는 것을 모른 채, 또는 제임스가 보도에서 불 꺼진 자기들 집을 바라보는 것을 모른 채 모두가 잠들어 있었다.

길 건너편에 있는 엘리자베스의 아버지 집에는 이제 낯선 사람들이 살았다. 제임스는 그 사실이 두렵지 않았다…… 제임스와 엘리자베스는 결혼하고 처음에는 엘리자베스의 부모님, 그리고 아이린과 함께 그곳에서 살았다. 엘리자베스의 아버지는 잉거솔*의 책을 즐겨 읽었고 종교와 도덕성에 대해 당연시되는 모든 개념에 의문을 품었다. 덕분에 젊은 제임스는 장인과 함께 살면서 여러 가지를 배웠다. 하지만 병이 들어 죽기 전 마지막 나날에 장인은 생각이 바뀌었으며 더 이상 의문을 품지 않게 되었다. "이런 거지, 제임스." 장인은 그렇게 말하곤 했다. "지구가 있고 대륙과 바다가 있지.

---

* 로버트 G. 잉거솔. 미국의 정치가. 성서를 맹렬히 비판하고 인본주의 철학과 과학적 합리주의 사상을 전파했다.

지구를 도는 달이 있고 그 너머에는 태양과 별자리들이 있어. 그리고 별자리들 너머에는 우주를 도는 수백만 개의 이름 없는 별이 있어. 내가 굳이 말 안 해도 자네도 알지, 제임스……" 어쩌면 둘은 지금도 거기서 이야기 중일지 몰랐다. 제임스, 좀 더 젊을 뿐인 제임스와 머리에 끔찍한 패혈증이 생긴 노인이 말이다.

제임스는 나무에 몸을 기댔다. 눈이 커튼처럼 제임스 주위를 둘러싸며 내렸다. 제임스는 자신들이 아직도 길 건너 그 집에 있는 듯한 착각이 들었다. '누군가가 그렇게 만들었어. 어떤 권능이, 바뀌거나 더해질 수 없는 법칙에 따라…… 수천 년, 수만 년 전과 하나도 다르지 않아…… 원래 이런 식이어야만 했어. 그렇지 않으면 모든 게 엉망이 될 테니까……'

뒷짐을 지자 가죽장갑 너머로 거친 나무껍질이 느껴졌다. 손가락이 시리고 뻣뻣해졌다.

"하지만 무슨 목적으로?" 제임스가 크게 소리쳤다. 제임스는 자신이 내뱉은 단어들을 들었지만 그 단어들의 뜻을 더 이상 알 수 없게 되었고, 과거에 사라져버린 것들과 완전히 단절되어버렸다.

제임스는 발밑에 얼어붙은 땅이 있고, 자신이 보는 나무들이 진짜이며, 가던 길을 조금만 벗어나면 그 나무들을 만질 수 있다는 것만 알았다. 몸을 돌려도 하늘에서 내리는 눈은 방향을 바꾸거나 제임스를 위해 비켜주려 하지 않았고, 그의 몸에 그대로 내렸다. 눈은 어깨와 모자챙에 내려앉은 뒤 그 대로 녹아내렸다. 제임스가 아는 건 그게 다였다.

제임스는 오늘 밤 이곳에 있었다. 뜰 모퉁이를 가로질러 걷고, 인도를 걷고, 텅 빈 거리를 걷고 있었다. 어디까지 온 건지 알려고 잠시 발을 멈춘 제임스는 자신도 모르게 좁은 골목길에 접어들었음을 깨달았다. 길 양쪽을 따라 깊숙이 팬 채 얼어붙은 바퀴 자국이 있었다. 전신주는 하늘을 가로지르며 줄지어 서 있었다. 제임스 앞에서 바퀴가 삐걱거리는 소리, 그리고 말발굽이 닿는 (흐릿하고 은은한) 소리가 들려왔다. 말발굽이 눈에 닿는 소리였다. 불현듯 그는 이 모든 것이 실수였음을 깨달았…… 자신이 오늘 생각하고 한 모든 것이.

제임스는 살아 있었고 그게 문제였다. 자기 삶에 갇혀 숨 쉬고 있었고 거기에서 빠져나갈 방법이 없었다. 엘리자베스는 그 사실을 알았고, 조랑말 마차를 타고 제임스를 따라왔다. 제임스를 집으로 데려가려고 따라왔다.

제임스는 기뻤다. 엄청나게 흥분했다. 손과 무릎이 떨렸다. 그는 좁은 골목길을 달렸다. 비틀거리고, 넘어지고, 다시 일어나 계속 달렸다. 호리호리한 말과 등불 달린 마차가 앞길을 막아설 때까지 달리고 또 달렸다. 등불은 그 아래의 남자 얼굴을 비췄다. 끈기 있어 보이는, 뭔가에 열중한 야윈 얼굴이었다.

　마지막 한 방울의 힘까지 다 쓴 제임스는 자기 집 뒤뜰의 단단한 격자 모양 울타리에 몸을 기댔다.

9

제임스는 늦잠을 잤고, 아침 햇살이 밝게 비치는 방에서
깨어났다. 화장대 위에는 제임스가 놓아둔 그대로 엘리자베
스의 물건이 쌓여 있었다. 밖을 보자 쌓인 눈 때문에 눈이 부
셨다. 제임스는 발이 침대 발치에 닿을 때까지 이불 속에서
다리를 쭉 폈고, 살면서 얼마나 많은 아침을 이곳에 누워 보
냈을까 생각했다. 얼마나 수없는 아침을 여기서 잠을 깨고
열린 창으로 들어오는 바람에 커튼이 부풀어 오르는 것을 보
았을까. 그리고 내면의 개운한 감정이 슬픔일까 생각했다. 또
는 그 어떤 감정이든 다시 느낄 수 있을까 의심했다.

천천히 그리고 조심스레 제임스는 목욕을 하고 면도를 한
뒤 깨끗한 옷으로 갈아입었다. 머리를 빗으려 옷장 앞을 떠

나 화장대로 걸어갈 때 제임스는 살짝 비틀거렸다. 하지만 머리는 맑았고 눈꺼풀에 손을 대보았지만 더는 갈라지거나 거칠거칠한 느낌이 들지 않았다…… 오늘은 어떻게든 견뎌내야 할 의례와 관습과 장례식이 있는 날이었다.

에셀은 손님방에서 침대를 정돈하고 있었다. 제임스는 에셀이 알아차릴 때까지 문 근처에서 꾸물거렸다.

"좀 쉰 거 같네, 제임스." 에셀이 말했다. "좀 잤어?"

제임스는 에셀의 눈을 들여다보았고 오로지 다정함만을 보았다. 다정함, 그리고 감추어진 연민. 에셀에게 감정을 표현하는 건 절대 쉽지 않은 일이었다.

"네, 그런 거 같습니다."

"그래, 내가 가장 듣고 싶었던 말이 그거야."

처음으로 제임스는 에셀이 어제 버니가 식탁에서 했던 말이 아이린 귀에 들어가지 않도록 애썼을 거라는 생각을 했다. 사실 에셀은 아이린에게 말할 생각이 추호도 없었을 터였다.

"고마워요." 제임스는 그렇게 말하며 자신이 왜 고마워하는지 에셀이 알아차려줬으면 했다. "아이린은 심부름 갔어. 보이드와 함께 간 것 같아. 하지만 자네 어머니랑 클래라가와 있어. 둘 다 재봉실에 있을 거야."

계단참에서 제임스는 두 사람의 목소리를 들을 수 있었다. 두 사람은 어느 카드가 어느 꽃과 함께 왔는지에 대해 논쟁을 벌이고 있었다.

"네가 무슨 말을 하든 난 신경 안 쓴다, 클래라. 노란 장미는 제임스의 사무실 사람들이 보낸 거야. 카네이션은 버니의 반 친구들이 보낸 거고."

"제가 카드를 열어보게 좀 기다려주시면 안 돼요, 어머니? 꽃과 카드가 올 때마다 제가 이 작은 공책에 적으려고 하잖아요. 안 그럼 누가 뭘 보냈는지 어떻게 알겠어요."

거의 열시였지만 현관에도 거실에도 서재에도 아무도 없었다. 그리고 식당 식탁에는 제임스의 음식이 아직도 차려져 있었다. 제임스는 부엌으로 갔다. 부엌은 따뜻하고 밝았다. 외투를 입고 앉은 카를의 얼굴에는 땀이 줄줄 흘렀다. 버니는 그 옆에, 부엌 식탁 앞에 앉아 있었다. 소피는 아침식사에 사용한 접시를 달그락거렸고, 그 흥겨운 소리 때문에 아무도 제임스가 오는 소리를 듣지 못했고 그가 거기 있는 줄도 몰랐다.

버니는 양치류로 화관을 만들고 있었다. 그럴 리가 없어. 제임스는 생각했다. 제 엄마 장례식에 온 꽃을 가지고 놀다니. 그러면 안 되는 거잖아. 앞으로 나아가려는 순간, 제임스

는 누가 자기 팔을 살짝 잡으며 말리는 느낌을 받았다. 정말
이라고 맹세라도 할 수 있었다. 제임스는 자기도 모르게 옆
을 돌아보았다. 주위에 아무도 없다는 사실을 너무나 잘 알
면서도 말이다.

10

제임스는 커피를 마시며 담배를 피웠다. 아팠던 뒤로 처음
이었다. 담배를 다 피우기 전에 아이린이 들어왔다.

"드라이브를 하고 왔어요." 아이린은 그렇게 말하고 식탁
앞 제임스 옆자리에 앉았다.

"보이드랑?"

"네. 에셀 언니가 말했어요?" 아이린은 왼쪽 장갑 단추를
끄르더니 다시 잠갔다. "결정했어요, 형부. 아니, 더 정확하게
말하자면 저 자신을 위한 쪽으로 결정을 내리기로 했어요.
보이드는 뉴욕에서 살아야 하고, 그렇다면 저도 뉴욕에서 살
아야겠죠. 만약 제가 보이드와 합칠 생각이라면 말이에요."

"어떻게 할 생각인데?"

"여기 있으면서 형부가 아이들 돌보는 걸 도울 거예요."

아이린의 표정만 봐서는 그런 결정을 내리기가 쉬웠는지 아닌지 도무지 분간할 수가 없었다.

"보이드는 저보다 우리 딸 아그네스를 더 좋아해요. 자기도 아는지 모르겠지만 아무튼 사실이에요. 보이드가 아그네스를 데려갔을 때 전 그 사실을 알게 됐죠. 그래서 보이드와 아그네스를 만나게 하는 일이 두려웠고요. 하지만 더는 아니에요. 보이드는 지독히도 외로워해요. 그리고 1년 중 얼마만큼씩 아그네스를 데리고 있지 못하게 할 이유도 없고요. 제가 혹은 보이드가 완전히 다른 사람이 될 거라고 확신할 수만 있다면…… 하지만 한 번 일어난 일은 또 일어날 수 있잖아요. 그게 어떤 일이었든, 아무리 되풀이하지 않으려 노력한들 말이에요. 결과가 썩 좋지 않았다면 같은 잘못을 두 번 하지 않는 게 낫지 싶어요."

"그래." 제임스가 말했다. "그게 맞지." 하지만 조만간 아이린은 뭔가를 해야만 했다. 현재 아이린은 결코 제대로 살고 있다고 할 수 없었기 때문이다.

제임스는 식탁에 오른손을 올려놓고 화음을 짚었다. '솔', '레 플랫', 그리고 '파'였다. 그러고는 담배의 마지막 모금을 빨았다.

"아이들 말인데, 아이린······"

"물론 쉽지 않을 거예요."

"알아." 제임스가 말했다.

"처음엔 과연 괜찮을까 싶었어요. 형부도 알다시피 버니는 정말로 제 엄마와 아주 친했으니까요. 엘리자베스 언니 역시 마치 버니가 쉬는 숨 하나하나까지 다 아는 것처럼 보였고 요. 둘이 같은 방에 있으면 버니는 항상 언니 쪽으로 고개를 돌리고 있었죠. 어젯밤엔 버니가 들어오더니 절 딱 그런 눈 으로 보더군요. 전 저도 형부도, 그 누구도 버니를 위해 해줄 수 있는 일이 아무것도 없다고 느꼈어요. 하지만 오늘 아침 은 완전히 달라요. 집이 정말 밝아요, 형부. 그리고 햇빛으로 가득해요."

제임스는 의자에서 몸을 앞으로 기울였다.

"방금 부엌을 지나왔어요." 아이린이 말했다. "그리고 버 니가 화환을 만드는 모습을 봤어요. 전 왠지······"

말하지 마. 제임스가 속으로 간청했다. '말하지 마!'

"모든 걸 제대로 풀어갈 기회가 있다는 사실을 깨달았어 요. 형부랑 제가 언니가 원했을 방식으로 아이들을 키울 수 있으리라는 걸요."

11

　장의사 직원이 의자를 더 가져오기 위해 떠난 사이, 제임스는 걸을 짬이 생겼다. 그래서 서재에서 현관으로 갔다가 꽃으로 가득한 거실을 지나 다시 서재로 돌아오는 행동을 반복했다.

　혼자서 걷는 쪽이 좋았지만 로버트가 계단 발치에 서서 기다리고 있었다. 제임스는 그런 아들을 거절할 정도로 모질지 않았다. 로버트는 자신이 저지른 실수로부터 자유로워져 있었다. 걷는 방식에서 확실히 드러났다. 로버트도 다른 누구도 엘리자베스의 죽음에 책임이 없었다. 그리고 어쨌든 중요한 건 사람들이 무얼 하려 하느냐는 점이지 이미 한 어떤 일의 결과가 아니었다. 제임스는 그 점을 명확히 알았다. 또

한 그는 자기 삶이 다른 모든 이들의 삶과 다르지 않음을 깨달았다. 제임스의 삶은 다른 이들의 삶과 동일했으며 소금통이나 주머니칼 모양이 제각각이듯 단지 모양만 다를 뿐이었다. 제임스에게 일어난 일은 전에도 일어났던 일이었다. 그리고 몇 번이고 다시 일어날 일이었다. 앞으로도 누군가는 바로 그 병원에서 뜬눈으로 밤을 지새우며 자기 폐가 부풀었다 줄었다 다시 부풀었다 줄어드는 것을 느낄 터였다. 그러다 결국 다른 누군가를 위해 숨 쉬려는 그 한 가지 노력에 온 힘을 집중하게 될 것이다…… 하지만 두 칸 떨어진 병실에서 폐렴으로 죽어가는 이는 엘리자베스가 아닐 터였다.

제임스는 이 모든 것을 로버트에게 설명해주고 싶었다. 그리고 자신이 누워 있던 병실 침대 위 천장의 직사각형 모양의 빛에 대해서도. 더는 자신을 괴롭히지 않는 도시 간 열차에 대해서도. 하지만 깡통을 수집하는 얼간이 제이크를 한밤중에 만났을 때 무슨 일이 일어났는지를 로버트에게 이해시키려면 아마도 오랜 시간이 흘러야 할 것이다. 그래도 로버트와 함께 걸으니, 로버트의 어깨에 팔을 올리고 있으니 적어도 편안하기는 했다. 로버트는 제임스의 아들이었다. 제임스는 함께 걸으며 그 사실을 느꼈다. 둘은 혈연지간이었다. 제임스가 로버트 나이였을 때, 부모님은 겨울을 나기 위해 제임스와 함께 남쪽으로 갔다. 그곳에서 제임스 가족은 남부 연합 사망자 공동묘지가 굽어보이는 언덕 비탈의 농가를 빌렸다. 북부 지역에서 온 제임스는 같이 놀 사람이 아무도 없었다. 그래서 집에 가고 싶어 했다.

어릴 적 기억은 거의 다 잊어버렸지만 그해 겨울만큼은 아직도 생생했다. 숨어 있기 좋았던 경사진 지하 저장고 문에 대한 기억, 뽕나무와 마구 냄새, 손에 묻은 갈색 호두 얼룩······ 이런 기억조차 다른 세계에서 자란 로버트와는 공유할 수 없었다.

둘은 알지 못하는 사이에 걷는 방향을 바꾸었고, 이제 곧장 가면 관이 있었다. 둘은 함께 관으로 다가섰는데 결코 제임스가 의도했던 바가 아니었다. 로버트가 옆에 있었기에 제임스는 약한 모습을 보이지 않았다. 제임스는 가만히 서서 보라색 제비꽃 다발을 꼭 쥔, 다시는 펼 수 없는 엘리자베스의 두 손을 바라보았다. 이 세상에 지금 아내의 두 손처럼 새하얀 뭔가가 존재할 수 있다는 걸 난생처음 알았다. 그리고 그 안의 생명이, 영혼이 빠져나가면 그토록 강렬하게 고요해진다는 것도.

이제 제임스는 느꼈다. 만약 내가 엘리자베스가 원하는 틀에 맞춰 살지 않았다면 일이 이렇게 되지는 않았을 테지. 처음 만난 그 순간부터 엘리자베스가 내 삶의 틀을 결정했으니까. 게다가 엘리자베스는 자신의 목소리로, 머리카락으로, 그토록 크고 검은 눈동자로 날마다 그 틀을 변형시켰어. 또한 지혜와 사랑으로도.

"네 어머니를 잊지 않을 거지? 그렇지, 로버트?"제임스가 말했다. 그러고는 불현듯 엄습한 경이로운 감정 속에서(완전히 뜻밖의 사실을 깨달았기 때문이다. 자신도 그 누구도 자신의 삶이 이리 될 줄 결코 몰랐다는 사실을 말이다) 관을 떠났다.

부록

맥스웰
Maxwell

■ 일러두기

이 글은《윌리엄 맥스웰의 초상: 맥스웰에 대한 추억과 감사의 글》에 실린 앨리스 먼로의 〈맥스웰〉을 재수록한 것입니다.

내가 윌리엄 맥스웰의 작품을 처음 읽은 건 1960년대 초반이다. 《그들은 제비처럼 왔다》가 내가 처음으로 읽은 맥스웰의 작품이며, 그 뒤 얼마 지나지 않아 《접힌 잎》을 읽었다. 맥스웰이 좋은 작가란 것은 책을 읽자마자 알았지만, 얼마나 좋은 작가인지까지는 그땐 미처 몰랐다. 당시 나는 두꺼운 책들을 많이 읽었고, 그래서 익숙한 소재를 다루는 작가가 얼마나 가치 있는 작가인지 알아차리지 못했다. 어쨌든 일리노이와 온타리오는 그리 멀지 않으며 그곳에 사는 사람들도 그리 다르지 않다. 그리고 나는 가족들은 다 거기서 거기라고 생각했으며(나는 카인과 아벨 이후 가족이야말로 가장 오랫동안 사람들을 매혹시킨 주제임을 깨닫지 못하고 있었다.), 수줍은 청소년의 절망 또한 진부하다고 느꼈다.

세월이 흐르고 나는 (1980년에 출간된)《안녕, 내일 또 만나》를 읽었고, 이번에는 내가 읽는 것의 가치를 제대로 알아보았다. 나는 전에 읽은 맥스웰의 소설들을 다시 읽었고《시간이 흐르면 퇴색하리라》를 읽었으며, 찾아낼 수 있는 단편들은 모두 다 찾아 읽었다. 그리고 생각했다. 이렇게 썼어야 했다고. 과거로 돌아갈 수만 있다면 내가 썼던 모든 글을 다시 쓸 거라고 생각했다. 내가 맥스웰의 글을 모방하겠다거나 모방했어야 했다는 뜻은 아니다. 하지만 맥스웰을 제대로 알아봤다면 그의 영향을 받은 글을 쓸 수도 있었으리라.

《시간이 흐르면 퇴색하리라》의 서문은 16세기 화가 프란시스코 파체코의 긴 인용문이다.

화가가 풍경을 관찰하는 순서는…… 다음과 같다. 우선 화가는 서너 개의 거리 또는 평면으로 풍경을 분할한다. 맨 먼저, 인물이나 성인이 있는 곳에 가장 큰 나무나 바위들을 그린다…… 두 번째로, 더 작은 나무들과 집들을 그린다. 세 번째로는 더 작은 것들, 그리고 네 번째로 산의 융기가 하늘을 만나는 곳, 모든 것이 작고 가늘어지는 것들을 그린다.

그러고 나서 색이 흐릿해 보이거나 도드라져 보이도록 배치하는 작업을 한다. 어떤 화가들은 흑백으로 하지만, 나는 곧장 색을 칠하는 것을 선호한다······ 아마기름이나 호두기름 그리고 흰색을 충분히 넣고 필요한 염료들을 배합하면 밝은 색 물감을 얻을 수 있다. 어두운 색이어서는 안 된다. 오히려 다소 밝아야 한다. 시간이 지나면 퇴색하기 때문이다······

서문에는 솔직하며 실용적인 글이 두 문단 더 있지만, 맥스웰의 의도를 보여주는 데는 위의 인용문이면 충분하다. 나는 소설을 어떻게 쓰겠다는 맥스웰의 태도가 윗글에 잘 드러난다고 생각한다. 맥스웰은 체계적이고 신중하면서 전통적인 방식으로, 심혈을 기울여 써나갈 것임을 알려준다. 어느 정도까지는 놀라울 게 없는 글이다. 혹은, 읽다보면 그렇게 생각이 들 것이다. 독자는 작가의 의도를 잘 따라갈 수 있다. 탄탄한 배경, 잘 설정된 주요 인물과 주변 인물, 매끄럽게 전환되는 관점 등등.

그러다가 뭔가 새로운 일이 벌어진다. 그 과정은 매우 훌륭하다. 독자의 상상을 뛰어넘는 전환이 일어나고, 구조가 열리고 변화한다. 마치 공중을 걷는 것처럼 새로운 흥분이 감돈다. 또한 소설이 쓰인 방식이 변화하면서 소설이 다루는 내용도 함께 변화를 겪는다.

《시간이 흐르면 퇴색하리라》는 중서부에서 꽤 행복하게 살고 있는 젊은 부부의 이야기로 시작한다. 미시시피에 사는 친척들이 잠시 방문 와 있다. 이 책은 정교하면서도 꽤 현실적인 가족 코미디이다. 저녁 파티, 결혼 생활의 작은 삐걱거림, 지나치게 열정적인 젊은 여자, 노처녀들과 그들의 어머니. 하지만 책이 끝날 즈음엔 무슨 일이 벌어졌을까? 조금 둔하긴 해도 정직한 남편은 자신의 삶을 어떻게 꾸려가야겠다는 생각들이 거의 아무 소용이 없다는 것을 인정할 수밖에 없게 된다. 이 남자와 사랑에 빠진 젊은 여자는 절망적인 심리 상태에서 끔찍한 사고를 겪는다. 그 어떤 약인들 여자의 얼굴의 흉터와 사랑을 제대로 치유해줄 수 있으랴. 생명이 위태로울 수도 있는 위험한 출산을 앞둔 그의 아내는 남편의 연인 때문에 마음이 불편하고, 아마 앞으로도 계속 그러할 것이다. 남자는 자기 삶으로부터 단절된 느낌을 받는다. 그는 어둠에 잠긴 마을을 가로질러 기차역으로 걸어간다. 그리고 다른 누구도 알아차리지 못할, 그리고 어쩌면 그 자신도 확신할 수 없는 무엇인가가 일어난다(어쩌면 마음속으론 상당히 확신하지만 입으로는 부정할 수도 있다). 물리적으로 수반된 일은 (아마도) 남자가 약간은 너무 오래, 그리고 철로에 약간은 너무 가까이에서 기다렸다는 게 다이다.

역장이 조심하라고 외쳤을 때 남자는 풀쩍 뛰어 위험에서 벗어났다. 하지만 자신의 머릿속에서, 혹은 바라기로는, 남자는 철로로 떨어졌고 마치 물속에서 헤엄치듯 기차 불빛을 향해 똑바로 나아가고 이윽고 기차는 남자를 깔고 지나가며 남자의 몸은 자갈 위를 구르고 또 구른다. 남자는 바보가 된 느낌이다. 결국 그는 죽을 준비가 되지 않았던 것이다. 하지만 이젠 어쩔 도리가 없다. 모두 끝났다. 남자는 자신이 빠져나올 수 없는 죽음의 덫에 걸렸다고 믿는다.

하지만 그는 여전히 그곳에 있고, 여전히 살아 있고, 자신에게서 멀어지면서 점점 작아지는 기차의 마지막 차량에서 비치는 불빛을 본다.

작가는 이 단락을 엄청나게 고심하여 강렬하게 썼지만 우리는 강렬함은 느껴도 문단이 너무나도 매끄럽고 완벽해서 그러한 고심의 흔적은 전혀 느끼지 못한다. 한 남자가 자살을 시도한다. 어쩌면 건성으로 시도한다. 이런 일 혹은 저런 일이 벌어지지만 결국 정말로 벌어지는 일은 다음과 같다.

어쩌면, 나는 다음 기차를 기다려야 옳았다. 하지만 그러지 않았다. 무척 피곤했다. 여태껏 그날만큼 피곤해본 적이 없다. 나는 실망했다. 조금씩 조금씩, 아마도 몇 시간에 걸쳐, 나는 실망했다. 나는 다른 사람들이 하는 행동을 지켜보았고, 그래서 다른 사람들처럼 되는 법을 배울 수 있었지만, 어째서인지 굳이 따라할 가치가 없어 보였다. 아마도 내가 본 것을 이해하지 못했기 때문에, 혹은 너무나 피곤했기 때문이리라. 집에 어떻게 돌아왔는지 모르겠다. 어느새 정신을 차려보니 돌아와 식당 창문 너머로 온도 조절계를 보고 얼마나 추운지를 확인하고, 불을 끄고 위층 침대로 자러 가고 있었다.

몇 주 뒤 그의 아내인 마사가 갓 태어난 아들을 데리고 병원에서 집으로 돌아온다. 남편의 연인은 망가지고 패배해 사라진 상태이다. 결혼은 안전하다. 남편 옆에 누운 아내는 남편에게 자신의 감정에 변화가 있었다고, 사실은 둘이 함께할 삶에 대해 믿음을 잃어버렸다고 이야기한다. 그 이야기 도중 남편은 잠이 든다.

여자는 분노를 느끼며 일어나고, 다음엔 절망에 빠진다. 여자는 아기를 안고 창가에 앉아 어떻게 하면 아이들을 데리고 남편을 떠날 수 있을지, 어떻게 하면 가난하지만 기품 있고 용감한 삶을 시작할 수 있을지 간절히 생각한다. 아들을 내려다보며 어떻게 하면 이 아이를 남편과 다르게 키울지를 생각한다. 상냥하지 않게, 예절바르지 않게, 타협하는 일 없이 뭐든 최대한 활용하고 이익을 얻도록 키울 것이다. 삶이 어떤 건지 확실히 알려줄 것이다. 마침내, 춥지만 여전히 정신이 말똥말똥하고 화가 난 채 여자는 침대로 돌아간다.

오스틴이 뒤척이다 팔을 마사에게 올렸다. 마사는 손목을 잡아 치워버렸다. 그러나 마사가 남편을 피해 침대 가장자리로 가자 남편은 자면서도 마사를 따라와 아내의 몸을 감쌌다. 마사는 비명을 지르고 싶었고 두 주먹으로 그의 얼굴을 치고 싶었다. 마사는 이번에는 거칠게 팔을 밀쳐냈지만 남편은 여전히 깨지 않았다. 남편의 팔은 그 자체로 생명이 있었다. 남편의 다른 부분, 즉 몸과 영혼은 잠들어 있었다. 하지만 팔은 깨어 있었고 마사에게 왔으며, 손이 마사의 심장에 내려앉았다. 마사는 잠시 그의 손을 그대로 둔 채 아까 자신이 안고 있던 아이에 비하면 이 팔은 너무나 딱딱하고 무겁다고, 너무나 성가시다고, 너무나 요구가 많다고 생각했다. 그 손은 지금도, 앞으로도 결코 마사의 일부가 될 수 없었다. 그 손은 마사가 줄 수 없는 만족감을, 심지어 잘 때조차도 요구했다. 마사는 다시 한 번 팔을 밀치기 시작했지만 그녀의 두 팔은 침대에 묶여 있었다. 오직 그녀의 정신만이 깨어서 뭔가를 할 수, 증오할 수 있었다. 그러다 가늘디가는, 인식이란 이름의 섬세

한 황금 사슬이 갑자기 끊어지고 말았다. 옆에 누운 몸에 안겨, 온기에 갇혀, 깨어 있는 팔에 잡혀(비록 그 팔의 주인인 남자는 깨어 있지 않았지만), 마사 킹은 잠이 들었다.

여기에서 다시 한 번 가장 잔인한 폭로가, 요란한 소동 없이 조용한 확신과 함께 이루어진다. 오스틴과 마사처럼, 결혼한 삶의, 삶의 정반대가 나란히 누워 있는 것이다. 이것은 진실이다. 참으로 진실이다.

이 일이 있기 얼마 전 마사는 입원을 했었고, 간호사는 마사를 다른 환자들로부터 떨어진 방으로 데려가면서 그곳에 머물면 좀 덜 소란스러울 거라고 말한다. 앞으로 닥칠 일을 아직 알지 못했던 마사는 다른 사람들이 소란스러워도 자신은 상관없다고 말한다. 그러자 간호사는 자신은 그런 뜻이 아니었다고, 마사가 소란을 떨어서 다른 사람들에게 영향을 줄까 걱정을 한 것이라고 말한다.

이 충격적이고 심지어 잔인하기까지 한 놀라운 내용은 사무적인 태도로 자연스럽게 전달되고, 그래서 마사는 하마터면 그 말뜻을 알아듣지 못할 뻔한다. 물론 알아듣지만 말이다. 이야기의 놀라운 부분 역시 다소 비슷한 방식으로 전달된다. 남편의 연인이 당한 사고가 충격적이자 극적이고 비극적인 요소처럼 보일 수도 있다. 만약 독자가 이 책에서 벌어지는 일들을 남들에게 말하려 한다면 아마도 그런 내용들을 말하게 될 것이다. 하지만 더 깊은 놀라움, 내용을 곱씹어본다면 독자를 훨씬 심란하게 할 놀라움은 평범한 사람들인 오스틴과 마사에 대해 밝혀지는 것들, 즉 결국에는 대부분의 경우보다 더 행복했다고 판명될 둘의 개별성과 연대성과 결혼이다.

《그들은 제비처럼 왔다》와《접힌 잎》에서, 작가는 자신이 가장 다루고 싶어 하는 소재를 다루며 그 모습을 숨김없이 그대로 보여주었고, 오로지 그것에 집중했다.

《그들은 제비처럼 왔다》는 젊은 가족의 삶, 그리고 그 가족의 삶이 어머니의 죽음으로 인해 피폐해지는 과정에 대한 이야기이다. 이 소재는 맥스웰의 소설들에 계속해 등장하기에 자전적인 내용으로 보이지만, 보이는 것과는 달리 완전히 그의 과거와 같지는 않으리라. 각 이야기에는 새로운 내용들이 담겨 있다. 주변에 새로운 사건이 있다거나 중심부 근처에서 새로운 사실이 드러난다거나 새로운 각도, 발견들이 있다. 우리네 삶의 이야기들, 우리가 그러하듯 자라고 변화하지만 절대 사라져버리지는 않는 이야기들과 똑같이 말이다.

《접힌 잎》에서 사춘기 소년 둘은 어른이 되어가고, 둘 사이 우정은 둘이 견딜 수 없는 무엇인가로 변해간다. 작가는 무척이나 공을 들여 엄청난 차분함과 독특한 도덕심 속에 이 이야기를 펼친다. 그로 인해 나는 이 비극(다 읽고 나면 비극에 가깝다는 것을 알게 된다)이 너무나 자연스럽고 피할 수 없게 형성되며, 그래서 비록 그림자가 걷히고 당장은 위협이 사라져도 이 비극이 절대로 소년의 삶 안에서 완전히 사라지지는 않으리라는 느낌을 받는다.

《안녕, 내일 또 만나》는 위의 두 소설이 나오고 한참 뒤에 쓰인 작품이다. 하지만 이 책에서도 두 소년의 우정이 다시 등장한다. 이번에는 훨씬 더 어린 소년들이다. 그리고 우정의 배신도 등장한다. 이 책에는 어머니의 죽음으로 인해 가족이 파괴되는 이야기, 남은 가족들이 어머니의 죽음으로 인해 거의 무작위적으로 상처 입는 이야기, 그리고 남은 가족들이 삶을 계속 꾸려 나가기 위해 각기 쏟는 노력의 이야기들이 담겨 있다.

맥스웰은 전에도 이 소재를 능숙하게 다루었지만 이 작품에서만큼 잘 다룬 적은 없었으며, 이 작품에서만큼 넓은 통찰력을 보인 적도 없다. 이 이야기는 그 혼자로만 존재하는 것이 아니라 다른 이야기, 부적절하고 무기력하고 파괴적인 성적 욕망의 이야기, 간통이라는 고전적인 이야기와 함께 존재하기 때문이다. 그리고 여기서 그 결과물은 앞서 발표된 다른 소설들보다 더 어둡다. 등장인물들이 죽지 못해 살며 비굴한 타협을 하기 때문이다. 이 책에서는 살인 그리고 뒤이어 실패하지 않은 자살이 등장한다. 신문이나 위대한 소설의 독자들이라면 낯익은 드라마요, 예측 가능한 비극이라 느끼겠지만, 여기엔 예기치 못한 멈춤과 여담들이 존재한다. 드라마의 주인공들은 때때로 멈춰 서서 자기 역할을 버리고 도망칠 길을 찾는 것처럼 보인다. 마치 지금 벌어지는 일들을 도저히 믿을 수 없어 하는 것처럼 보인다.

그리고 비극이 중앙에 멈춰 있는 동안, 그 파문은 밖으로 퍼져 나간다. 우리는 살해되기를 기다리는 남자(남자는 자신이 그걸 기다린다는 사실을 알지 못한다)가 고용한 가정부의 삶으로 들어간다. 가정부는 약간의 대화를 원한다. 우리는 농장 주인을 만난다. 이곳은 소작농이 있는 시골이다. 냉철하고 현실적인 농장주 여자도 유난히 남자다운 이 소작농에게는 살짝 다정하게 군다. 그리고 우리는 살인을 저지를 남자의 아내와 아이들에게 머물 곳을 제공하는 나이 든 여자를 알게 된다. 우리는 그녀의 좁고 평범하고 작은 집이 어떤 곳인지 알게 된다. 늙은 여자의 자존심이자 위안인 집은 살인을 저지를 남자의 아내가 계속 내뱉는 불평과 공포, 그리고 그 아들의 조용한 비참함으로 가득 찬다.

우리는 또한 개의 삶으로도 들어간다. 이 가족이 붕괴된 뒤 농장에 남겨진 개이다. 이 개는 새로운 소작농의 소유물이 될 예정이었지만, 예전 주인에게 품은 애정을 새로운 주인에게 옮길 수 없었다.

빌린 포드 모델 T 자동차는 길을 떠났고, 개는 묶인 채 밤을 맞이했다. 집에는 불이 켜지지 않았으며 굴뚝에서는 연기가 피어오르지 않았다.

개는 아주 오랫동안 기다렸다. 걱정하지 않으려 애썼다. 착하게 굴려 애썼다. 평소보다 훨씬 더 착하게 굴려 애썼다. 그리고 주인은 그냥 읍내에 간 것뿐이며 곧 돌아올 것이라고 스스로를 달랬다. 절대로 그럴 리 없다는 것이 명백했지만 말이다. 주인이 평소 하던 행동이 아니었다. 결국 자신의 의지와 상관없이 개는 울부짖었다. 엉덩이를 바닥에 대고 주둥이를 밤하늘을 향해 들어 올린 채 울부짖고 또 울부짖었다. 그건 단순한 개의 울부짖음이 아니었다. 그 울음에는 늑대까지 거슬러 올라가는 모든 조상의 울부짖음이 다 담겨 있었다.

개는 발소리를 들었고, 클레터스라고 확신했다. 개는 자신의 울부짖음을 클레터스가 들었고 여태 어디 있었는지는 몰라도 이 늦은 시간에 자신을 구하러 여기까지 왔다고 생각했다……

하지만 나타난 것은 길 건너편에 사는 주인의 친구였다. 남자는 등불을 땅에 내려놓고 개를 묶은 줄을 풀었고, 말을 걸고 귀를 쓰다듬었다. 1, 2분 정도 모든 게 괜찮아진 것처럼 보였다. 하지만 곧 주인 일행이 자신에게 차에 타라고 하는 대신 그냥 차를 몰고 떠났으며, 심지어 뒤를 돌아보지조차 않았다는 기억이 떠올랐다. 개는 절망에 차 다시 울부짖었다.

살해될 남자는 개에게 먹을 잔반과 물을 주고, 마침내 개를 데리고 집으로 가고, 개는 새로운 소작농(살인자가 될 남자의 농장을 넘겨받기로 한 젊은 남자)이 도착해 개의 권리를 주장할 때까지 기다린다.

나무에 줄이 매여 있는 걸 본 제임스 워커는 그럴 필요가 없다는 로이드의 말에도 불구하고 이틀 동안 개를 그 줄에 묶어두었다. 하지만 개에게 음식을 주었고 그릇에 물이 있는지 확인했으며 가끔씩 말을 걸었다. 밤이 되면 부엌 창문을 통해 불빛이 보였고, 개는 나무 타는 냄새를 맡을 수 있었다. 상황이 더 나빠질 수도 있었는데 이만하길 다행이었다. 가끔 개는 울부짖고 싶었지만 그럭저럭 참아냈다. 이튿날 소와 돼지와 농장 기계와 가구를 실은 트럭들이 도착했다. 그리고 그날 저녁, 젊은이는 줄을 풀며 말했다. "이리 오렴, 소떼를 모으려면 네 도움이 필요해." 개는 남자가 한 말을 알아들었지만 남자는 자신의 주인이 아니었기에 길을 따라 번개처럼 달아났다.

소용없다. 개는 배우지 않고, 변하지 않고, 개의 진정한 주인은, 개가 사랑한 남자는 개를 죽인다. 그의 첫 번째 살생이다.

이 문단은 내가 생각할 수 있는 가장 위험한 문단 가운데 하나이지만, 조금의 어려움도 없이 매끄럽게 진행된다. 작가는 다른 책이나 영화에서 등장한 충직한 개 이야기들의 익숙한 감상을 다시 한 번 용감하게 소환하여 길고 자세하게 묘사한다. 개의 고통은 이 책에 등장하는 다른 사람들의 고통만큼이나 끔찍하고 현실적이고 제자리를 잘 잡고 있다.

이 책에는 화자가 있다. 그는 한참 동안 사라져 있지만 절대로 완전히 사라지지는 않는다. 그는 개가 기다리는 소년, 즉 자살한 살인자의 아들과 잠깐 동안 친구로 지냈다. 기다리는 동안, 살인 또는 자살이 일어나기 전, 두 소년은 방과후에 만나 화자의 아버지와 새어머니가 짓고 있는 새집의 골조에 올라가곤 한다. 둘은 거의 아무 대화 없이 서까래 주위를 걷는데, 아마도 두 사람을 함께하게 한 변화를 거의 알아차리지 못했을 것이다. 두 소년은 각자 가정에서 큰 변화를 겪었고 또한 어떤 의미에서는 가족을 잃었다. 한쪽은 그 변화가 죽음, 즉 어머니의 죽음으로 인해 찾아왔고 다른 한쪽은 각각 다른 사람과 결혼한 두 명의 사랑으로 인해 찾아왔다. 그 사랑은 이제 현실적으로 모든 사람들이 연관된 절망에 삼켜졌고 그들은 점점 더 파국으로 치닫고 있다. 당연히 이것은 두 소년이 언급할 수 있는 내용이 아니다.

나이가 든 이 책의 화자는 이야기의 꽤 초반에서 뉴욕 현대 미술관의 조형물을 바라본다. 그 작품은 자코메티의 〈새벽 4시의 궁전〉이다. 가느다란 가로세로 기둥들로 이루어진 텅 비고 기묘한 구조물로, 그 안에는 날아가는 새 같은 것, 여성, 동물의 등뼈, 그리고 앞에 공을 담은 우묵한 주걱 모양 물체가 있다. 화자는 그 작품에서 자기 아버지 그리고 어머니의 자리를 대신할 여자가 짓고 있던 집을 떠올린다. 화자는 그 작품을 만든 예술가가 그 작품에 대해 한 말을 인용한다.

작품은 1932년 늦여름에 조금씩 모습을 갖추어갔습니다. 서서히 제게 그 모습을 드러냈지요. 큰 틀 속에서 각 부분들이 확실하게 모습을 갖추어 나가고 정확한 자기 자리를 잡아갔습니다. 가을이 되자 명확하게 모습을 갖추어서 실제 설치를 하는 데는 하루면 충분했습니다. 이 작품은 제가 어떤 여인과 보낸 시간과 밀접한 관계가 있습니다. 작품을 구상하기 전해에 우리 둘의 관계는 끝났지만, 우리는 6개월 동안 매 시간을 함께했으며 그 여인은 자신의 온 삶을 집중해 제 모든 순간을 마법처럼 변화시켰습니다. 우리는 밤이면 멋진 궁전을 짓곤 했습니다(밤과 낮은 같은 색이었습니다. 마치 모든 것이 동이 트기 직전에 일어난 것처럼요. 그 시간 내내 저는 결코 태양을 보지 않았습니다). 성냥으로 만든, 아주 부서지기 쉬운 궁전이었지요. 아주 조금만 잘못 움직여도 이 작은 건축물 전체가 무너졌습니다. 우리는 늘 다시 시작하곤 했지요. 등뼈 모양 기둥이 든 우리와 골조 새가 어쩌다가 그 안에 있게 되었는지는 모르겠습니다. 등뼈 모양 기둥은 거리에서 만난 지 얼마 안 된 어느 밤에 그 여인이 제게 판 겁니다. 그리고 새는 우리의 삶이 함께 무너지기 바로 전날 밤에 그 여인이 보았던 골조 새 가운데 한 마리입니다. 골조 새들은 새벽 4시에 깨끗한 초록 물웅덩이 위 아주 높은 곳에서 기쁨의 비명을 지르며 퍼덕이지요. 웅덩이는 지붕이 없는 커다란 강당에 있고, 물속엔 아주 섬세하고 하얀 물고기 뼈들이 떠다닙니다. 작품 가운데에는 탑의 비계가 솟아 있습니다. 미완성이거나 꼭대기가 무너졌거나 아니면 부서진 채로요. 반대편에는 여자의 조각상이 보이는데, 저는 그 조각상에서 제 최초의 기억 속 어머니의 모습을 고스란히 봅니다. 바닥에 쓸리는 여인의 긴 검은색 드레스. 거기 담긴 수수께끼가 저를 괴롭혔습니다. 제 눈에 그 드레스는 여인 몸의 일부처럼 보였고 저는 공포와 혼란을 느꼈습니다⋯⋯

자코메티. 중심가의 중산층 가족과 시골의 인접한 농장에 사는 두 소작농 가족의 관계. 엄청난 사랑에 압도되어 미움으로 바뀌어버린 완벽한 우정. 대부분은 애매하게 묘사된 소년들의 삶. 도움이 되지 못하는 법률 시스템 그리고 작은 마을의 뉴스와 소문들이 이루는 소용돌이. 이야기에 꼭 필요하지는 않지만 독자들에게 흥미로운 몇몇 인물의 비밀스러운 감정들. 자신이 어린아이였을 때 받은 충격을 처리할 수 있을 정도로 충분히 자란 어른의 고군분투. 공공연하고 치명적이기까지 한, 주인을 향한 개의 애정. 얇은 책 한 권에 이 모든 것이 여유롭게 담겨 있다. 모든 내용이 제대로 다루어졌다. 이 모든 것이 너무나 자연스러워 전혀 기법 같아 보이지 않는 기법을 통해 조화를 이루었다. 모든 것이 쉽고 자연스럽게 서술된다. 서술이라는 부분에 대해서는 말이 나온 김에 할 말이 있다.

나에게는 어느 겨울날 새집에 갔을 때 다락을 통해 위층 침실 위로 내리는 눈을 본 듯한 기억이 있다. 어쩌면 전혀 사실이 아닐 수도 있다. 왜냐하면 이제는 행방이 묘연해진 사진 앨범 속에 방금 내가 설명한 상황에서 찍은 사진이 있었다고 확신하기 때문이다. 다시 말해, 내가 직접 경험한 걸 기억하는 게 아니라 사진을 보고 기억했을 가능성이 있다. 우리가 혹은 적어도 내가 기억이라 언급하는 것(즉 순간, 장면, 고착된 탓에 망각할 수 없는 사실)은 실은 마음속에서 반복해 들리는 어떤 이야기이며, 말하는 과정에서 그 내용이 종종 바뀐다. 처음에는 서로 상반된 감정들이 너무 많이 얽혀 있어 우리는 삶을 오롯이 받아들일 수가 없다. 그래서 이야기꾼이 나서서 상황을 재배치하는 것일 터이다. 어쨌든 과거에 관한 한 우리는 입만 열면 거짓말을 한다.

나는 굉장히 많은 인용을 했다. 나도 안다. 유일한 변명은, 내가 맥스웰의 단어와 문장을 내 마음과 손끝으로 흘려보내며 큰 기쁨을 느꼈고, 희망이 다시 살아 돌아오는 것을 느꼈다는 것이다.

앨리스 먼로

| 옮긴이의 말 |

시간을 넘어,
영원한 슬픔의 순간에 서서

1918년은 세계사에 큰 획이 그어진 해이다. 1천5백만 명의 사망자를 부른 제1차 세계대전이 끝났으며, 전 세계에서 약 5천만 명의 사망자를 불러온 스페인 독감이 유행하기 시작했다. 그러니 1918년이 시대 배경일 때 윌리엄 맥스웰처럼 능력 있는 작가라면 다른 많은 작가들이 그러했듯이 이 두 사건을 주요 소재로 다루어볼 만도 하다. 하지만 윌리엄 맥스웰은 본 작품에서 제1차 세계대전은 종전을 알리는 신문 기사를 제임스가 읽는 것으로 간략히 설명하며, 이 작품의 진행에서 큰 역할을 한 스페인 독감 역시 신문 기사를 읽는 정도의 소개에서 끝난다. 그리고 작가가 이 책에서 가장 공을 들이는 부분은, 가족 간의 역학 관계와 그 관계 변화에 따른 등장인물들의 심리 변화이다. 왜냐하면 1918년은 작가인 윌리엄 맥스웰의 인생에 큰 획이 그어진 해이기 때문이다. 작가가 그토록 믿고 따르며 인생의 바탕이 되어주던 어머니가 바로 스페인 독감으로 세상을 떴다.

본서의 제목인 《그들은 제비처럼 왔다》는 예이츠의 시 〈쿨정원〉의 한 구절을 따온 것이다. 이 시에서는 한 여인이 제비들에게 비행의 나침반 역할을 한다. 이 책에 나오는 버니의 어머니 역시 가족의 중심이며, 오해하고 오해받으며 갈등하는 가족들을 유일하게 쉽사리 이해하고 편안하게 해주며 모두를 하나로 묶어준다. 어머니가 있는 한 가족들은 이 편안하고 안정된 상황이 언제까지나 이어질 것이라 느낄 수 있다.

그러나 크고 작은 변화들이 계속해 일어나며 이 관계를 바꿔놓는다. 어머니의 임신으로 버니는 더 이상 끝없이 귀여운 막내가 아니게 되고 형 로버트는 방을 옮기게 되며, 매력적이고 활기 넘치는 아이린 이모는 전남편과 재결합해 멀리 떠나는 것을 고려하고, 늘 가족을 도와 또다른 기둥이 되어주던 소피는 남자친구를 따라 독일로 갈까 고민한다. 그러다 어머니는 출산에 따른 위험을 줄이기 위해 기차를 타고 먼 병원으로 갔다가 스페인 독감에 걸려 사망하고, 남은 가족은 굉장한 충격 속에 이제까지의 관계가 완전히 무너지는 것을 바라본다. 책이 거의 끝날 때까지도 버니와 로버트와 아버지는 앞으로 어떻게 살지 분명치 않으며, 먼 미래는 늘 불확실하고 당면한 일들에 대처하는 것만으로도 급급하다.

그리고 작가는 이러한 가족 간의 관계, 그 관계의 역동적 변화를 더할 수 없이 적절한 구조를 통해 그려낸다. 이 책은 여덟 살 난 버니의 시점, 열세 살 난 로버트의 시점, 그리고 아버지의 시점으로 총 세 부분에 걸쳐 기술한다. 그리고 셋은 같은 일을 두고서도 서로 다른 인식을 보여준다. 로버트나 아버지 등 누가 봐도 확연한 어머니의 임신이 버니에게는 인식하기 힘든 일이다. 버니는 어머니가 만드는 게 찻수건이 아니라 기저귀란 말을 듣고서야 어머니가 임신했다는 것을 어렴풋이 알아차리고 혼란에 빠진다. 그리고 방 역시 바꿔야 한다며 어머니가 "우리한테는 가족이 더 필요해. 적어도 한 명은 더."라는 말로 아기의 탄생을 암시하자 버니는 "전 지금 이대로도 괜찮은 것 같은데요."라고 대답하며 다음과 같이 질문해 자신이 아직도 임신과 아기에 대해 제대로 인식하지 못했음을 드러낸다.

"하숙생을 들이는 건 아니죠?"

"아니, 하숙생은 절대 아니야. 그건 싫어."

"저도요."

또한 버니에게는 무자비한 괴물로만 보이는 형은, 형의 시점에서 쓴 글로 들어가면 아직 어머니에게 정신적으로 의존하고 있으나 아버지에게도 잘 보이려 애쓰는, 이제 겨우 세상을 이해하기 시작한 보통 아이일 뿐이다.

어머니와 함께 있으면 로버트는 강요당한다거나 거북한 느낌이 거의 없었다. (⋯) 로버트는 편한 마음으로 온갖 일을 어머니에게 말할 수 있었다. (⋯) 하지만 아버지에게 다가가 뭔가 얘기를 하면 나중에 꼭 후회가 되었다. 로버트가 원했던 방식으로 이야기가 진행된 적은 한 번도 없었다.

그리고 아버지의 시점에서 볼 때에야 우리는 아버지가 왜 가족들에게 거리감 있는 존재인지 알게 된다.

길게 보았을 때 아이들을 낳은 것은 실수였다. 제임스는 아이들을 이해하지 못했다. 아이들이 무슨 생각을 하는지 안 적이 한 번도 없었다. 하지만 어쨌든 그건 엘리자베스의 몫이었다. 아이들을 원한 건 엘리자베스였다. (…) 만약 딸애들이었다면 이야기가 달랐을지도 모른다. 제임스는 어린 여자애들을 훨씬 편하게 느꼈다.

즉 시점의 변화를 통해 우리는 비로소 이 가족과 가족 간 관계를 좀 더 완전하게 이해할 수 있게 된다. 하지만 여덟 살짜리의 시점으로 쓰는 것은 위험할 수 있다. 자칫 독자를 지루하게 만들 수 있기 때문이다. 그러나 맥스웰은 이 위험한 시도를 통해 다른 성과를 얻어냈다. 아이들의 눈에는 모든 것이 또렷하게 각인된다. 그러므로 아이의 시점을 통해 보여주는 또렷하고 정교한 묘사, 그리고 훗날 돌아보는 추억의 방식이 아니라 그때 그 시점에서 느꼈던 것들만을 그대로 기술하는 방식은 독자를 정확히 그 순간, 그 장소에 데려다 놓는다. 그리고 그토록 선명하게 보고 느꼈기에 독자는 가족의 태양이던 어머니의 사망에 주인공과 똑같이 충격받고 상처받게 된다.

그리고 우리는 깨닫게 된다. 누군가의 죽음이란 사건과 그 이후의 혼란스런 과정이 어린이의 순수함을 어떻게 파괴하는지를. 아이들은 작은 것들에도 거대한 존재감을 느끼고,

카펫과 벽지의 무늬도 범상하게 지나치지 않으며 잘 아는 사물들이 주는 안정감을 만끽한다. 그러나 어머니가 그곳에서 사라지는 순간, 모든 것이 흔들리고 이질적 장소로 변한다. 영원히 그대로일 것 같던 곳이 뒤집히고 비틀리고, 영원한 순수함 대신 끝없는 상실감으로 가득해진다.

어머니와 둘만 있을 때면 서재는 언제나 친근하고 익숙해 보였다. 둘은 서로 말하지 않았고 심지어 눈썹을 치키는 일조차 거의 없었다. 하지만 각자 하는 일을 통해 서로의 존재를 느꼈다. 만약 어머니가 그곳에 없으면, 만약 위층의 자기 방에 있거나 부엌에서 소피에게 점심을 어떻게 차릴지 설명하고 있으면, 버니는 그 무엇도 현실 같지 않다고 느꼈다. 그 무엇도 살아 있는 것 같지 않았다. 커튼 위에서 접혔다 펼쳐졌다 하는 주홍색 잎과 노란색 잎은 완전히 어머니에게 달려 있었다. 어머니가 없으면 잎들은 조금도 움직이지 않았고 아무 색도 띠지 않았다.

하지만 가족의 중심이 되는 어머니의 영구한 부재에 충격받고 상처받는 것은 순수한 어린아이인 버니뿐이 아니다. 점차 순수함을 잃어가는 로버트도, 순수함을 잃어버린 어른인 아버지도 이 거대한 사건 앞에서 속수무책으로 당황하고 어쩔 줄을 모른다. 아무리 나이를 먹고 순수함을 잃어도 세상이 통째로 뒤집어지는가 혹은 나아갈 방향을 잃는가의 차이만이 존재할 뿐이다. 그리하여 우리는 버니에게도 로버트에게도 아버지에게도 낱낱이 공감하고 함께 절망한다.

그것이 바로, 이 책이 1937년에 쓰였는데도 전혀 시대에 뒤진 책이란 느낌을 받지 않는 이유이다. 가족 간의 역학 관계, 트라우마를 남기는 사건으로 인한 순수함의 깨어짐처럼 아무리 세월이 흘러도 변하지 않는 일들을 눈앞에 보듯 선명하게 그리고 있기에 이 책은 어제의 일을 그렸다고 해도, 내일의 일을 그렸다고 해도 어색하지 않은 것이다. 그리고 시대를 막론하고 독자들의 마음을 울린다. 바로 당신 인생의 이야기이기 때문에.

최용준

옮긴이 최용준

대전에서 태어나 서울대학교 천문학과를 졸업했으며 미국 미시간 대학에서 이온추진 엔진에 대한 연구로 비(飛)천문학 박사학위를 받았다. 저온 플라스마를 연구한다. 옮긴 책으로는《안녕, 내일 또 만나》《유령이 쓴 책》《래그타임》《곤두박질》《핑거스미스》《내가 필요하면 전화해》, 어슐러 K. 르 귄 걸작선 등이 있다.《이 세상을 다시 만들자》로 제17회 과학기술 도서상 번역 부문을 수상했다. 시공사의 '그리폰 북스', 열린책들의 '경계 소설선', 샘터사의 '외국 소설선'을 기획했다.

그들은 제비처럼 왔다

초판 1쇄 인쇄 2016년 3월 30일
초판 1쇄 발행 2016년 4월 16일

지은이 윌리엄 맥스웰
옮긴이 최용준
펴낸이 이기섭
편집인 김수영
기획편집 김수현 임선영
마케팅 조재성 정윤성 한성진 정영은 박신영
경영지원 김미란 장혜정

펴낸곳 한겨레출판(주) www.hanibook.co.kr
주소 서울시 마포구 효창목길 6(공덕동) 한겨레신문사 4층
전화 02-6383-1602~3
팩스 02-6383-1610
메일 literature@hanibook.co.kr

ISBN 978-89-8431-974-5 03840

• 책값은 뒤표지에 있습니다.
• 파본은 구입하신 서점에서 바꾸어 드립니다.